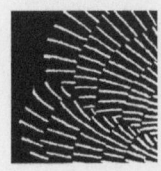

# Diálogo dos oradores
# Dialogus de oratoribus

EDIÇÃO BILÍNGUE

TRADUÇÃO E NOTAS
Antônio Martinez de Rezende
Júlia Batista Castilho de Avellar

APRESENTAÇÃO
Antônio Martinez de Rezende

# TÁCITO

## Diálogo dos oradores
## Dialogus de oratoribus

EDIÇÃO BILÍNGUE

**autêntica** C|L|Á|S|S|I|C|A

Copyright da tradução © 2014 Autêntica Editora

Título original: *Dialogus de oratoribus.*

Todos os direitos reservados pela Autêntica Editora. Nenhuma parte desta publicação poderá ser reproduzida, seja por meios mecânicos, eletrônicos, seja via cópia xerográfica, sem a autorização prévia da Editora.

COORDENADOR DA COLEÇÃO CLÁSSICA,
EDIÇÃO E PREPARAÇÃO
*Oséias Silas Ferraz*

REVISÃO
*Lúcia Assumpção*

CAPA
*Diogo Droschi*

DIAGRAMAÇÃO
*Conrado Esteves*

**Dados Internacionais de Catalogação na Publicação (CIP)**
**(Câmara Brasileira do Livro, SP, Brasil)**

Tácito (Cornelius Tacitus)
  Diálogo dos oradores / Tácito ; tradução e notas Antônio Martinez de Rezende, Júlia Batista Castilho de Avellar ; apresentação Antônio Martinez de Rezende. -- Belo Horizonte : Autêntica Editora, 2014. -- (Coleção Clássica)

  Título original: *Dialogus de oratoribus*
  Edição bilíngue: português/latim
  ISBN: 978-85-8217-318-3

  1. Diálogos latinos 2. Literatura latina 3. Oratória antiga 4. Retórica antiga I. Rezende, Antônio Martinez de. II. Avellar, Júlia Batista Castilho de. III. Título. IV. Série.

13-10069                                                    CDD-808.510937

**Índices para catálogo sistemático:**
  1. Roma antiga : Diálogos : Oratória 808.510937

**Belo Horizonte**
Rua Carlos Turner, 420
Silveira . 31140-520
Belo Horizonte . MG
Tel.: (55 31) 3465 4500

**São Paulo**
Av. Paulista, 2.073 . Conjunto Nacional
Horsa I . 23º andar . Conj. 2310-2312
Cerqueira César . 01311-940 São Paulo . SP
Tel.: (55 11) 3034 4468

www.grupoautentica.com.br

# A Coleção Clássica

A Coleção Clássica tem como objetivo publicar textos de literatura – em prosa e verso – e ensaios que, pela qualidade da escrita, aliada à importância do conteúdo, tornaram-se referência para determinado tema ou época. Assim, o conhecimento desses textos é considerado essencial para a compreensão de um momento da história e, ao mesmo tempo, a leitura é garantia de prazer. O leitor fica em dúvida se lê (ou relê) o livro porque precisa ou se precisa porque ele é prazeroso. Ou seja, o texto tornou-se "clássico".

Vários textos "clássicos" são conhecidos como uma referência, mas o acesso a eles nem sempre é fácil, pois muitos estão com suas edições esgotadas ou são inéditos no Brasil. Alguns desses textos comporão esta coleção da Autêntica Editora: livros gregos e latinos, mas também textos escritos em português, castelhano, francês, alemão, inglês e outros idiomas.

As novas traduções da Coleção Clássica – assim como introduções, notas e comentários – são encomendadas a especialistas no autor ou no tema do livro. Algumas traduções antigas, de qualidade notável, serão reeditadas, com aparato crítico atual. No caso de traduções em verso, a maior parte dos textos será publicada em versão bilíngue, o original espelhado com a tradução.

Não se trata de edições "acadêmicas", embora vários de nossos colaboradores sejam professores universitários. Os livros são destinados aos leitores atentos – aqueles que sabem que a fruição de um texto demanda prazeroso esforço –, que desejam ou precisam de um texto clássico em edição acessível, bem cuidada, confiável.

Nosso propósito é publicar livros dedicados ao "desocupado leitor". Não aquele que nada faz (esse nada realiza), mas ao que, em meio a mil projetos de vida, sente a necessidade de buscar o ócio produtivo ou a produção ociosa que é a leitura, o diálogo infinito.

*Oséias Silas Ferraz* [coordenador da coleção]

**9** Prefácio
Fábio Duarte Joly

**13** Apresentação

**19** Diálogo dos oradores

**123** Notas

**137** Referências

**139** Sobre o autor e os tradutores

Prefácio
# O *Diálogo dos oradores* e a obra de Tácito

Fábio Duarte Joly[*]

A leitura atenta do conjunto da obra de Tácito chama nossa atenção para um aspecto peculiar: ao mesmo tempo em que é multifacetada, abarcando gêneros literários distintos, demonstra uma intensa unidade de sentido. Interessa-lhe sobremaneira perscrutar os limites e possibilidades de atuação aristocrática e sobrevivência política no Principado. O próprio Tácito, que chegou a ser membro da ordem senatorial, revela que sua carreira desenvolveu-se sob os governos sucessivos de Vespasiano, Tito e Domiciano, embora se refira a esse último imperador de modo particularmente negativo: "Demos sem dúvida grande demonstração de paciência, e, se os tempos antigos viram o que havia de extremo em liberdade, nós o tivemos quanto à escravidão, porque até o uso do falar e do ouvir, por espionarem, nos tiraram" (*Agric.*, II). Logo, num dos raros momentos de sua obra em que Tácito se apresenta ao leitor, ele o faz ressaltando sua longa permanência no campo político, independentemente da qualidade do imperador sob o qual atuava.

E, como lembra Ronald Syme, no seu clássico *Tacitus* (1958), a obra taciteana não pode ser desvinculada de sua trajetória política. Tácito escreveu nos marcos do principado

---

[*] Doutor em História pela USP, professor de História Antiga na UFOP, autor de *Tácito e a metáfora da escravidão* (Edusp, 2004) e *A escravidão na Roma Antiga* (Alameda, 2005), entre outros.

de Trajano (98-117) e anos iniciais de Adriano. Em sua opinião, a época de Trajano, em contraste com aquela de Domiciano, teria permitido "sentir o que se quer e dizer o que se sente" (*ubi sentire quae velis et quae sentias dicere licet*, *Hist.*, I, 1). O primeiro escrito, de 98, foi uma biografia de seu sogro Júlio Agrícola, que liderou campanhas militares para a subjugação da Bretanha. Obra que se insere no gênero das *laudationes funebres*, descreve, além das origens familiares, a carreira de Agrícola, que se estendeu do reinado de Nero ao de Domiciano, alçando-o como um modelo de comportamento político no Principado. Um aristocrata que buscava servir à *res publica*, sem pretender rivalizar com o imperador em glória e prestígio, ainda que Domiciano o tenha considerado um rival e lhe negado as honras do triunfo. No mesmo ano de 98, veio à luz um escrito sobre a Germânia (*De Origine et Situ Germanorum*), que retoma a tradição dos tratados etnográficos, e descreve os costumes dos povos germanos, na paz e na guerra, destacando o elevado grau de *libertas* nas terras ainda não conquistadas por Roma.

Uma articulação entre a *Vida de Agrícola* e a *Germânia* se dá, em especial, no tocante à relação entre memória e história. Do mesmo modo que o relato de Tácito sobre a Bretanha ratifica a conquista da ilha, efetuada por seu sogro, transmitindo a memória daqueles que empreenderam sua subjugação, no caso da Germânia é como se a conquista literária se antecipasse à conquista militar, ainda a ser realizada, visto que sob Domiciano tal não se deu. Convém lembrar que, à morte de Nerva, Trajano estava com seus exércitos na Germânia para lançar uma ofensiva. Há, portanto, um componente político nesta obra taciteana que se coaduna com aquele do escrito anterior, isto é, a *damnatio memoriae* de Domiciano e louvor do novo Principado.

Suas obras maiores, escritas segundo a tradição analística, as *Histórias* e os *Anais*, datam aproximadamente de 108 ou 109 e 115 a 120, respectivamente. Com elas, Tácito pretendia escrever uma história do Principado, de Augusto a Trajano, mas não a completou. Nos proêmios da *Vida de Agrícola* e das *Histórias*, Tácito afirma que pretendia narrar os governos de Nerva e Trajano (*Agric.*, III, 3; *Hist.*, I, 1), e, nos *Anais* (III, 24), manifesta o desejo de abordar mais detidamente o principado de Augusto, apenas tratado de forma sumária na sua última obra. No entanto, nas *Histórias*, legou uma narrativa dos eventos que transcorreram da morte de Nero em 68 até, provavelmente, o fim do governo de Domiciano em 96.

Em ambas as obras, conservadas de maneira fragmentária, uma preocupação se impõe: fornecer *exempla* de comportamentos aristocráticos que permitam tanto a expansão e consolidação do poder imperial romano, quanto uma atuação política em Roma, no Senado, que não seja de total submissão ou oposição ao imperador. Atuações essas últimas que fomentam, por sua polarização, uma competição aristocrática que Tácito retrata como se fosse uma "guerra civil". Daí sua predileção por comportamentos pautados pela *moderatio* e *prudentia*, por um meio termo, enfim.

A nosso ver, é precisamente dentro desse quadro que se situa o *Diálogo dos oradores*, publicado por volta de 102, mas com data dramática de 75. O diálogo que Tácito relata sobre o declínio da eloquência a partir das intervenções de quatro senadores, não é tão somente uma reflexão de cunho literário ou oratório. Trata-se de um pensamento acerca de como conciliar discurso e ação no contexto político específico do Principado em que não apenas o imperador mostra-se reticente quanto a críticas indiretas e indícios de oposição, mas sobretudo os aristocratas lutam entre si por prestígio.

Disputas literárias e oratórias ganham contornos políticos e revelam formas diversas de adequação ao regime, revelando a heterogeneidade da elite imperial (por exemplo, Áper e Secundo são senadores de origem provincial, gaulesa – como, aliás, era Tácito –, enquanto Messala, outro senador, é o único romano no debate, e provém de uma família de velha estirpe). Tem-se então um equilíbrio sempre tenso, e que pode explicar a ironia com a qual se encerra o *Diálogo*. Quando os interlocutores se despedem, Materno diz a Áper: "Eu te incriminarei entre os poetas; Messala, por sua vez, entre antiquários". "E eu a vós entre retores e declamadores" (XLII, 2). Mesmo sob Trajano talvez não fosse muito prudente "dizer o que se sente"...

O *Diálogo dos oradores* mostra-se assim em sintonia com as demais obras de Tácito, reverberando os dilemas e angústias da aristocracia imperial diante das transformações políticas em Roma a partir da segunda metade do século I e ao longo do século II d.C., fruto em grande parte das guerras civis que se seguiram à morte de Nero.

# Apresentação

A tarefa de conhecer a antiguidade é, na grande maioria das vezes, o exercício de preencher lacunas. Essas que se preenchem com dados de remanescentes arqueológicos, outras que se buscam preencher com as interpretações dos escritos. Tal como todos os outros elementos materiais, os textos, aqueles sobreviventes aos crivos de censura dos tempos, nos chegaram, muitas vezes, mutilados, incompletos, retocados, emendados, reconstituídos. Essa realidade torna gigantesca e incerta a tarefa de formular interpretações plausíveis em relação ao tempo da antiguidade: como, por exemplo, buscar num texto lacunoso e incompleto os elementos com os quais se possa construir uma imagem tanto quanto mais próxima da realidade do passado? A inexistência do texto autógrafo é, de fato, a mais flagrante realidade para quem se dedica aos estudos da cultura e, em especial, da literatura romana do século I d.C., por exemplo.

O *Diálogo dos oradores* é um texto que perfeitamente se enquadra no esboço delineado: apresenta lacunas, é incompleto, de datação imprecisa, alvo de suspeitas até mesmo quanto ao verdadeiro autor. Além disso, no que diz respeito à sua constituição temática, não se sujeita a classificações estritas como tratado, teoria, peça literária, relato histórico, crônica de um quadro social, análise crítica do sistema oratório romano. Um texto assim, que importância tem? Como deve ser lido?

Quem contempla o *Davi*, de Michelangelo, ou o *Pensador*, de Rodin, tem diante de si obras completas, a que se acrescem infindáveis estudos, de abordagens as mais variadas. Mas quem vai ao Museu do Bardo se depara com a cabeça de Júpiter em escultura monumental e um pé, também gigantesco. O visitante, então, se põe, livre das explicações do guia ou desatento às notas da ficha técnica, a associar aquelas duas peças e a se perguntar: que tronco e que membros aquela cabeça fez "caminhar" sobre aquele pé? A especulação é sem fim, ainda que preservada a harmonia estética da cabeça ao pé.

O *DIALOGVS* de Tácito, nascido, obviamente, de uma cabeça genial, é grandioso e rico, muito mais do que a justaposição de fragmentos. Sua "incompletude", no entanto, ao invés de salientar a falha, se constitui estímulo à investigação, induz à busca do detalhe, uma vez que é através do detalhe, das entrelinhas, do não explicitamente dito que se encontram disseminadas as ideias fundamentais da obra.

O manuscrito mais antigo data do século XV. As condições de sua transmissão, no entanto, permitiram que várias suspeitas se levantassem, por exemplo, quanto à autenticidade de autoria; quanto ao teor e à extensão da lacuna que se verifica entre o final da intervenção de Messala e o início da última fala de Materno (XXXV, 5 – XXXVI, 1). Mas o que importa é que hoje os estudiosos já não mais põem em destaque essas questões, sobretudo porque o texto por si só é capaz de dizer aquilo para o qual, se imagina, foi feito para dizer.

A fórmula de diálogo é estratégia amplamente conhecida e empregada por autores antigos, por exemplo, Platão, Aristóteles e Cícero, para a exposição de ideias, principalmente aquelas que suscitam maiores questionamentos, pontos de vista conflitantes, enfim, ideias mais

complexas. Além de permitir o confronto de opiniões, o diálogo pode ser utilizado para pôr em prática metodologias didático-pedagógicas, ou ainda reforçar questões de natureza crítica.

A obra é, inicialmente, uma peça de ficção, mas dela participam interlocutores, ao que tudo indica, de um mundo real, oradores eminentes, contemporâneos de Tácito. Na casa de Materno se reúnem Áper, Secundus e Messala para conversar sobre oratória, poesia, formação acadêmica do orador. Sob o pretexto de responder à indagação de um amigo – por que, em seu tempo, tão pouco, ou quase nunca, se empregue a palavra orador? – Tácito, de fato, discute o momento político, o sistema vigente de poder, os mecanismos de ascensão social, os caminhos da glória e da fama pessoal. Simultaneamente ao elogio a um contexto político identificado pela "longa quietude dos tempos", pela "assídua tranquilidade do Senado" (XXXVIII, 2), pela centralização do poder nas mãos de um único governante, sábio e clemente (XLI, 4), pode-se depreender uma análise crítica indireta à ideologia imperial, crítica cuidadosamente estruturada em um discurso a que não falta uma refinada censura irônica.

Se, de um lado, Áper defende uma "eloquência viril e oratória" (V, 3), Materno a incrimina de "lucrosa e sanguinária" (XII, 2), propondo, então, em seu lugar, uma "eloquência poética". À fama e glória do orador poderoso, patrono de incontáveis clientes, notável em Roma e conhecido pelas províncias, é posto em destaque o poeta Virgílio, aplaudido e reverenciado, na presença do Imperador, tanto quanto o próprio Augusto (XIII, 2).

A motivação para o embate entre oratória e poesia provém de um dado objetivo: Materno era reconhecido como grande orador, mas passou a se dedicar à composição de tragédias. Se considerarmos o fundamental papel

pedagógico do teatro, especialmente o trágico, na Grécia antiga, poderemos aventar razões da opção de Materno por escrever tragédias. Em Roma, a oratória havia sido sempre a grande escola de formação de cidadãos de liderança, mas essa oratória entrou em declínio, nos termos em que o aponta a inquietação inicial de Fábio Justo, a quem Tácito vai responder. Ora, concentram-se aí todos os pontos que o *Diálogo* põe em discussão: os papéis políticos da oratória e do orador, a importância social e cultural da poesia e sua indissociabilidade das outras áreas de conhecimento que fazem parte da formação de um cidadão; a "decadência" da oratória, na sua correlação com a decadência das instituições de ensino e das práticas pedagógicas utilizadas na formação do orador; a baixa estima que essa escola suscita entre os jovens; os fatos de ordem política responsáveis por esse alegado declínio.

Mas nos detalhes que Tácito vai dispersando pela obra estão os elementos de fundo, como, por exemplo, a data aproximada em que acontece o encontro dos oradores: o ano 75 d.C., a que se chega pela referência aos 120 anos da morte de Cícero (XVII, 3). Exatamente é este o lapso de tempo de consolidação do modelo imperial, iniciado por Augusto, que, por volta de 43 a.C., assume o primeiro cargo político. Ao fazer menção à oratória modelar dos antigos, fica evidente tratar-se daquela oratória republicana, que entra em declínio com o assassinato de Cícero por subordinados de Augusto, nos primeiros momentos do nascente regime imperial. Outro detalhe importante: o diálogo acontece na casa de Materno, dentro de seu "escritório", em ambiente doméstico, portanto, e estritamente reservado. Esta ambientação pode ser interpretada como forma de minimização de risco pessoal, ao se discutir a atuação do regime político vigente. Consideremos o seguinte fato: os oradores se

encontram com Materno para sugerir-lhe que torne sua tragédia, *Catão*, um texto mais seguro. Em outros termos, a tragédia escrita por Materno, e apresentada em leitura pública no dia anterior, pareceu afrontosa aos poderosos e isso poderia trazer riscos a seu autor.

A casa do poeta passa, então, a ser o local seguro e apropriado, um universo onde se permite a reflexão livre, mas compartilhada, sobre como a vida política se apresenta nas performances do orador e do poeta.

De fato, a transição da República para o Império se operou, entre outras coisas, na concentração de poder na mão de um só, no esvaziamento da "praça", no redirecionamento para o particular e "doméstico". Era inevitável, portanto, que também se modificasse o conjunto de valores do sistema oratório, e os oradores em diálogo mostram-se conscientes dessas mudanças e dos ajustes aos novos tempos. No entanto, entram em conflito, quando passam a fazer comparações das qualidades intrínsecas desses modelos de oratória. O novo modelo, defendido por Materno, sugere um processo de retorização da literatura, na medida em que propõe aplicar aos textos literários o saber teórico que orienta a construção do discurso oratório. Disso resultaria um método mais seguro para a expressão das ideias, pois mais facilmente se velariam as críticas através de uma linguagem figurada e predominantemente literária. Tal procedimento parecia conveniente à época e a um contexto político em que não mais tinham espaço as críticas diretas ou as discussões abertas, que se permitiam na "antiga" oratória.

Uma das questões mais significativas em análise é a perspectiva de futuro, não apenas da oratória, quando discutem sobre a formação dos jovens: quais deveriam ser os valores éticos? Que conduta moral? Quais os percursos de formação acadêmica e intelectual? Esse é um momento tenso

do texto, em que se destacam, de um lado, a indolência, a falta de comprometimento da juventude, de outro, o descaso e despreparo por parte de quem deveria responsabilizar-se pela educação. É nessa hora que se tornam mais acirradas as confrontações entre tudo o que simbolizam as escolas "antiga" e "moderna"; a refinada ironia entre "novos retores" e "antigos oradores" (XIV, 4).

Há, no entanto, em cada um dos oradores a clareza de que a solução mágica e prevalente para todos os tempos não existe. Mas é preciso discutir ideias, confrontar pontos de vista, nunca cessar o encontro, dar sequência à cordialidade, interromper o diálogo com um sorriso amável: "Assim, como sorrissem todos, nos separamos" (XLII, 2).

# DIÁLOGO DOS ORADORES

# DIALOGVS DE ORATORIBVS

I. 1 Saepe ex me requiris, Iuste Fabi, cur, cum priora saecula tot eminentium oratorum ingeniis gloriaque floruerint, nostra potissimum aetas deserta et laude eloquentiae orbata uix nomen ipsum oratoris retineat; neque enim ita appellamus nisi antiquos, horum autem temporum diserti causidici et aduocati et patroni et quiduis potius quam oratores uocantur.

2. Cui percontationi tuae respondere et tam magnae quaestionis pondus excipere, ut aut de ingeniis nostris male existimandum [sit], si idem adsequi non possumus, aut de iudiciis, si nolumus, uix hercule auderem, si mihi mea sententia proferenda ac non disertissimorum, ut nostris temporibus, hominum sermo repetendus esset, quos eandem hanc quaestionem pertractantis iuuenis admodum audiui.

3. Ita non ingenio, sed memoria et recordatione opus est, ut quae a praestantissimis uiris et excogitata subtiliter et dicta grauiter accepi, cum singuli diuersas [uel easdem] sed probabilis causas adferrent, dum formam sui quisque et

# DIÁLOGO DOS ORADORES

I. 1. Frequentemente me perguntas, Fábio Justo,[1] por que razão, enquanto os séculos anteriores floresceram nos talentos e na glória de tantos oradores eminentes, a nossa época, verdadeiramente abandonada e privada do mérito da eloquência, dificilmente mantém a própria palavra "orador". Com efeito, assim não chamamos senão os antigos; os eloquentes de nossos tempos, por sua vez, são preferentemente denominados causídicos, advogados, patronos e o que mais seja, menos oradores.
2. Por Hércules, eu, se a mim coubesse o dever de proferir a minha própria opinião, e não o de repetir, como nos nossos dias, a fala de homens os mais eloquentes, os quais ainda jovem ouvi, quando tratavam dessa mesma questão, mal ousaria responder a essa tua pergunta e assumir o peso de tão grande questão, de tal modo que, ou se vá fazer mau juízo dos nossos talentos, se, de fato, não somos competentes para alcançar a mesma coisa, ou se, por decisão consciente, não o queremos.
3. Assim, não de inteligência, mas de memória e de recordação preciso, neste momento, para expor com os mesmos passos e a mesma lógica, preservada a ordem dos raciocínios, as coisas que escutei e que foram não só pensadas sutilmente, mas também ditas de modo sério por homens muito ilustres, quando cada

animi et ingenii redderent, isdem nunc numeris isdemque rationibus persequar, seruato ordine disputationis.

4. Neque enim defuit qui diuersam quoque partem susciperet, ac multum uexata et inrisa uetustate nostrorum temporum eloquentiam antiquorum ingeniis anteferret.

II. 1 Nam postero die quam Curiatius Maternus Catonem recitauerat, cum offendisse potentium animos diceretur, tamquam in eo tragoediae argumento sui oblitus tantum Catonem cogitasset, eaque de re per urbem frequens sermo haberetur, uenerunt ad eum Marcus Aper et Iulius Secundus, celeberrima tum ingenia fori nostri, quos ego utrosque non modo in iudiciis studiose audiebam, sed domi quoque et in publico adsectabar mira studiorum cupiditate et quodam ardore iuuenili, ut fabulas quoque eorum et disputationes et arcana semotae dictionis penitus exciperem, quamuis maligne plerique opinarentur, nec Secundo promptum esse sermonem et Aprum ingenio potius et ui naturae quam institutione et litteris famam eloquentiae consecutum.

2. Nam et Secundo purus et pressus et, in quantum satis erat, profluens sermo non defuit, et Aper omni eruditione imbutus contemnebat potius litteras quam nesciebat, tamquam maiorem industriae et laboris gloriam habiturus, si ingenium eius nullis alienarum artium adminiculis inniti uideretur.

um trazia opiniões diferentes ou mesmas, mas passíveis de toda prova; quando cada um reproduzia a imagem de seu caráter e de sua inteligência.

4. De fato, não faltou quem assumisse um partido igualmente contrário e, tendo atacado e escarnecido em muito a antiguidade, antepusesse a eloquência de nossos tempos aos talentos dos antigos.

II. 1. Com efeito, no dia seguinte ao que Curiácio Materno lera[2] o seu texto sobre Catão,[3] como se dissesse que ele ofendera os ânimos dos poderosos, já que no argumento daquela tragédia ele, esquecido de si mesmo, tivesse pensado apenas em Catão e, por isso, a conversa fosse frequente pela cidade, vieram a ele Marcos Áper e Júlio Segundo. Estes eram, então, talentos muito célebres do nosso fórum. A ambos eu próprio não apenas nos julgamentos ouvia com aplicação, mas tanto em casa quanto em público os seguia com surpreendente desejo de aprender e com um certo ardor juvenil, a fim de que eu apreendesse a fundo também as conversas, as discussões e os mistérios dos exercícios que praticavam em local reservado. Tudo isso eu fazia, embora muitos opinassem malignamente que o discurso não estivesse pronto para Segundo e que Áper tivesse conseguido a fama da eloquência antes pelo talento e pela força da natureza do que pela educação e pela cultura literária.

2. Com efeito, não faltou a Segundo a linguagem correta, condensada e, para o quanto bastava, fluente; por sua vez, Áper, imbuído de toda erudição, antes desprezava que desconhecia a literatura, como se viesse a ter glória maior da inteligência e do esforço, se o seu talento parecesse não prescindir de apoios de quaisquer outras artes.

III 1. Igitur ut intrauimus cubiculum Materni, sedentem ipsum[que], quem pridie recitauerat librum, inter manus habentem deprehendimus.

2. Tum Secundus "nihilne te" inquit, "Materne, fabulae malignorum terrent, quo minus offensas Catonis tui ames? An ideo librum istum adprehendisti, ut diligentius retractares, et sublatis si qua prauae interpretationi materiam dederunt, emitteres Catonem non quidem meliorem, sed tamen securiorem?"

3. Tum ille "leges" inquit "quid Maternus sibi debuerit, et adgnosces quae audisti. Quod si qua omisit Cato, sequenti recitatione Thyestes dicet; hanc enim tragoediam disposui iam et intra me ipse formaui. Atque ideo maturare libri huius editionem festino, ut dimissa priore cura nouae cogitationi toto pectore incumbam."

4. "Adeo te tragoediae istae non satiant," inquit Aper "quo minus omissis orationum et causarum studiis omne tempus modo circa Medeam, ecce nunc circa Thyestem consumas, cum te tot amicorum causae, tot coloniarum et municipiorum clientelae in forum uocent, quibus uix suffeceris, etiam si non nouum tibi ipse negotium importasses, [ut] Domitium et Catonem, id est nostras quoque historias et Romana nomina Graeculorum fabulis adgregares."

IV. 1. Et Maternus: "perturbarer hac tua seueritate, nisi frequens et assidua nobis contentio iam prope in consuetudinem uertisset. Nam nec tu agitare et insequi poetas intermittis, et

III. 1. Assim, quando entramos no quarto de Materno, o encontramos sentado e tendo entre as mãos o mesmo livro que, na véspera, havia lido.

2. Então, Segundo disse: "As conversas dos maledicentes, Materno, em nada te amedrontam, de tal maneira que te façam apreciar menos as provocações de teu Catão? Acaso tomaste o livro, a fim de o retocares mais cuidadosamente e, retiradas as coisas que deram motivo a má interpretação, publicares um "Catão" não exatamente melhor, porém mais seguro?

3. Diante disso, ele disse: "Lerás o que Materno tem sempre em débito para consigo mesmo e reconhecerás as coisas que ouviste. Porque, se Catão omitiu algo, Tiestes[4] o dirá na leitura que segue; em verdade, já elaborei mentalmente essa tragédia e eu mesmo já lhe dei forma dentro de mim. Por essa razão, apresso-me em efetivar a publicação deste livro, para que, abandonada a preocupação anterior, eu me entregue com todo o coração à nova cogitação".

4. "Essas tragédias", diz Áper, "não te enfastiam de tal maneira que, eliminada a dedicação aos discursos e às causas, consumas todo o tempo, há pouco em torno de Medeia, agora em torno de Tiestes? Chamam-te para o fórum tantos processos de amigos e tantas clientelas de colônias e de municípios, aos quais dificilmente terias dado conta de atender, até mesmo se não tivesses tu próprio trazido para ti esta nova ocupação, ou seja, agregar um Domício[5] e um Catão, isto é, os nomes romanos e igualmente as nossas histórias às fábulas desses greguinhos".

IV. 1. E Materno: "Eu me perturbaria com essa tua severidade, se a frequente e assídua discussão entre nós já não tivesse se transformado quase que em um costume. Em verdade, tu não cessas de atormentar e

ego, cui desidiam aduocationum obicis, cotidianum hoc patrocinium defendendae aduersus te poeticae exerceo.

2. Quo laetor magis oblatum nobis iudicem, qui me uel in futurum uetet uersus facere, uel, quod iam pridem opto, sua quoque auctoritate compellat, ut omissis forensium causarum angustiis, in quibus mihi satis superque sudatum est, sanctiorem illam et augustiorem eloquentiam colam."

V. 1. "Ego uero" inquit Secundus, "antequam me iudicem Aper recuset, faciam quod probi et moderati iudices solent, ut in iis cognitionibus [se] excusent, in quibus manifestum est alteram apud eos partem gratia praeualere.

2. Quis enim nescit neminem mihi coniunctiorem esse et usu amicitiae et assiduitate contubernii quam Saleium Bassum, cum optimum uirum tum absolutissimum poetam? Porro si poetica accusatur, non alium uideo reum locupletiorem."

3. "Securus sit" inquit Aper "et Saleius Bassus et quisquis alius studium poeticae et carminum gloriam fouet, cum causas agere non possit. Ego enim, quatenus arbitrum litis huius [inueniri], non patiar Maternum societate plurium defendi, sed ipsum solum apud se coarguam, quod natus ad eloquentiam uirilem et oratoriam, qua parere simul et tueri amicitias, adsciscere necessitudines, complecti prouincias possit, omittit studium, quo non aliud in ciuitate nostra uel ad utilitatem fructuosius [uel ad uoluptatem dulcius] uel ad dignitatem amplius

atacar os poetas; mas eu, a quem censuras o descaso em relação à advocacia, exerço contra ti este permanente encargo de fazer defendida a poesia.⁶

2. Muito me alegro pelo fato de que nos foi oferecido um juiz, que, ou me proíba de, no futuro, fazer versos, ou, o que já desejo há muito tempo, me obrigue, com a sua mesma autoridade, a que eu, eliminadas as estreitezas angustiantes das causas forenses, nas quais, mais do que suficientemente, me despejei em suor, cultive aquela mais nobre e augusta eloquência".

V. 1. "Eu, verdadeiramente", diz Segundo, "antes que Áper me recuse como juiz, agirei como costumam os juízes honrados e comedidos, isto é, se eximem dos julgamentos em que, por antecipação, está manifestada a inclinação para uma entre as partes.

2. Quem, de fato, desconhece haver alguém mais próximo de mim, tanto pela vivência da amizade, quanto pela regularidade dos encontros, do que Saleio Basso?⁷ Não só ele é um ótimo homem, mas também um poeta completo. E indo além, se a poesia é acusada, não vejo réu mais perfeito".

3. "Que a salvo esteja tanto Saleio Basso", disse Áper, "quanto qualquer outro que possa fomentar o gosto da poesia e a glória dos poemas, desde que não seja alguém com aptidão para atuar como advogado. Eu, em verdade, uma vez que já se encontrou um juiz para este litígio, não permitirei que Materno seja defendido em associação com muitos, mas o arguirei, a ele isoladamente, em pessoa. Ele mesmo, que tendo nascido para a eloquência viril e oratória (por meio dela, se podem fazer e, ao mesmo tempo, manter amizades, criar vínculos de interesse e anexar as províncias), abandonou uma atividade em relação à qual nenhuma outra em nossa comunidade pode ser pensada, ou mais fecunda para a utilidade, ou mais

uel ad urbis famam pulchrius uel ad totius imperii atque omnium gentium notitiam inlustrius excogitari potest.

4. Nam si ad utilitatem uitae omnia consilia factaque nostra derigenda sunt, quid est tutius quam eam exercere artem, qua semper armatus praesidium amicis, opem alienis, salutem periclitantibus, inuidis uero et inimicis metum et terrorem ultro feras, ipse securus et uelut quadam perpetua potentia ac potestate munitus?

5. Cuius uis et utilitas rebus prospere fluentibus aliorum perfugio et tutela intellegitur: sin proprium periculum increpuit, non hercule lorica et gladius in acie firmius munimentum quam reo et periclitanti eloquentia, praesidium simul ac telum, quo propugnare pariter et incessere siue in iudicio siue in senatu siue apud principem possis.

6. Quid aliud infestis patribus nuper Eprius Marcellus quam eloquentiam suam opposuit? Qua accinctus et minax disertam quidem, sed inexercitatam et eius modi certaminum rudem Heluidii sapientiam elusit. plura de utilitate non dico, cui parti minime contra dicturum Maternum meum arbitror.

VI. 1. Ad uoluptatem oratoriae eloquentiae transeo, cuius iucunditas non uno aliquo momento, sed omnibus prope diebus ac prope omnibus horis contingit.

2. Quid enim dulcius libero et ingenuo animo et ad uoluptates honestas nato quam uidere

doce para o prazer, ou mais ampla para a dignidade, ou mais ilustre para a notoriedade em todo o império e em todas as nações estrangeiras.

4. De fato, se todas as nossas opiniões e feitos devem-se dirigir para a utilidade da vida, o que é mais seguro do que exercer essa arte, pela qual, sempre armado, se levem a proteção aos amigos, o recurso a outras pessoas, o bem-estar aos que se encontram em perigo? E ainda, levar, sem dúvida, aos invejosos e aos inimigos, o medo e o terror, mas permanecendo ele próprio seguro e como que munido de um certo poder perpétuo e autoridade?

5. A sua força e utilidade, estando as coisas a fluir prosperamente, entendem-se como um refúgio dos outros e uma proteção; se, pelo contrário, o próprio perigo já se manifestou, por Hércules, nem a couraça, nem a espada numa batalha é proteção mais firme para o réu e para os que estão em perigo; arma de proteção e ao mesmo tempo um dardo, com o que se pode tanto agir em defesa, quanto fazer o ataque, seja no tribunal, seja no Senado, seja junto ao príncipe.[8]

6. Que outra coisa Éprio Marcelo[9] opôs aos senadores, estando hostis, senão a eloquência? Cingido dela e com atitude ameaçadora, desqualificou a sabedoria de Helvídio,[10] elaborada, de fato, porém de pouca utilidade prática e rude para esse tipo de combate. Não direi muitas coisas sobre a utilidade, uma vez que julgo o meu Materno haver de me contradizer minimamente no que diz respeito a ela.

VI. 1. "Passo ao prazer da eloquência oratória, cujo deleite não toca por um único momento, mas por quase todos os dias e quase todas as horas.

2. Em verdade, a um espírito livre, de ânimo nobre e voltado para os prazeres dos cargos públicos, o que é

plenam semper et frequentem domum suam concursu splendidissimorum hominum? Idque scire non pecuniae, non orbitati, non officii alicuius administrationi, sed sibi ipsi dari? ipsos quin immo orbos et locupletes et potentis uenire plerumque ad iuuenem et pauperem, ut aut sua aut amicorum discrimina commendent.

3. Vllane tanta ingentium opum ac magnae potentiae uoluptas quam spectare homines ueteres et senes et totius orbis gratia subnixos in summa rerum omnium abundantia confitentis, id quod optimum sit se non habere?

4. Iam uero qui togatorum comitatus et egressus! Quae in publico species! Quae in iudiciis ueneratio! Quod illud gaudium consurgendi adsistendique inter tacentis et in unum conuersos! coire populum et circumfundi coram et accipere adfectum, quemcumque orator induerit!

5. Vulgata dicentium gaudia et imperitorum quoque oculis exposita percenseo: illa secretiora et tantum ipsis orantibus nota maiora sunt. Siue accuratam meditatamque profert orationem, est quoddam sicut ipsius dictionis, ita gaudii pondus et constantia; siue nouam et recentem curam non sine aliqua trepidatione animi attulerit, ipsa sollicitudo commendat euentum et lenocinatur uoluptati.

6. Sed extemporalis audaciae atque ipsius temeritatis uel praecipua iucunditas est; nam [in] ingenio quoque, sicut in agro, quamquam utiliora

mais doce do que ver sua casa sempre cheia e frequentada, no encontro de homens os mais estimados? E saber que isso se dá não por causa do dinheiro, nem da privação de filhos,[11] nem da administração de algum cargo, mas por causa da pessoa, ela por si só? E melhor ainda, saber que os próprios homens privados de filhos, ricos e poderosos muitas vezes vêm a um jovem e pobre, a fim de que lhe confiem ou seus próprios interesses ou os dos amigos.

3. Haveria tão grande prazer nas imensas riquezas ou no poder, quanto em observar constantemente homens de outros tempos, maduros e apoiados no favor de todo o orbe, confessando, na mais completa abundância de tudo, que eles não possuem aquilo que há de melhor?

4. Em verdade, mal saem de casa, que comitiva de togados![12] Que aparição em público! Que veneração nos tribunais! Que alegria aquela de se levantar e de prestar assistência, em meio a homens silenciosos, de olhos voltados para uma única pessoa! Reunir o povo, ser rodeado frente a frente e experienciar todo aquele sentimento de que um orador tenha podido se revestir.

5. Estou enumerando as conhecidas alegrias dos oradores e tudo aquilo que está ao alcance dos olhos até mesmo dos inexperientes. No entanto, as alegrias mais íntimas e conhecidas apenas aos próprios oradores são muito maiores! Se se pronuncia um discurso acurado e refletido, então existe aí certo peso e firmeza, não somente do próprio ato de o proferir, mas também da alegria de o fazer; se se tiver apresentado um trabalho novo e recente, não sem alguma agitação do espírito, essa própria ansiedade faz valer o momento e é a sedução ao prazer.

6. Mas existe, e em grau elevado, o deleite da ousadia na improvisação e mesmo da própria temeridade; com efeito, acontece também no talento, assim como no campo: ainda que coisas muito úteis sejam semeadas e trabalhadas

serantur atque elaborentur, gratiora tamen quae sua sponte nascuntur.

VII. 1. Equidem, ut de me ipso fatear, non eum diem laetiorem egi, quo mihi latus clauus oblatus est, uel quo homo nouus et in ciuitate minime fauorabili natus quaesturam aut tribunatum aut apud patres reum praeturam accepi, quam eos, quibus mihi pro mediocritate huius quantulaecumque in dicendo facultatis aut apud patres reum prospere defendere aut apud centumuiros causam aliquam feliciter orare aut apud principem ipsos illos libertos et procuratores principum tueri et defendere datur.

2. Tum mihi supra tribunatus et praeturas et consulatus ascendere uideor, tum habere quod, si non in alio oritur, nec codicillis datur nec cum gratia uenit.

3. Quid? fama et laus cuius artis cum oratorum gloria comparanda est? Quid? Non inlustres sunt in urbe non solum apud negotiosos et rebus intentos, sed etiam apud iuuenes uacuos et adulescentis, quibus modo recta indoles est et bona spes sui?

4. Quorum nomina prius parentes liberis suis ingerunt? Quos saepius uulgus quoque imperitum et tunicatus hic populus transeuntis nomine uocat et digito demonstrat? Aduenae quoque et peregrini iam in municipiis et coloniis suis auditos, cum primum urbem attigerunt, requirunt ac uelut adgnoscere concupiscunt.

com esforço, são tanto mais agradáveis aquelas que nascem por sua própria vontade.

VII. 1. Quanto a mim, para fazer alguma revelação sobre mim mesmo, nem quando me foi conferido o laticlavo,[13] nem quando, homem novo[14] e nascido em uma comunidade minimamente favorável, recebi a questura,[15] o tribunato[16] ou a pretura,[17] vivi um dia mais feliz do que aquele em que me foi dado, mesmo em face da mediocridade da minha faculdade oratória, ou defender a um réu perante os senadores, ou, junto aos centúnviros,[18] com êxito me fazer valer de uma causa determinada, ou, junto ao príncipe, proteger e defender os próprios libertos, eles mesmos sendo procuradores[19] de príncipes.

2. Pareço, então, elevar-me acima do tribunato, das preturas e do consulado; possuir, assim, aquilo que, se não se origina de outra maneira, também não é dado por decreto, nem vem através do favorecimento.

3. Não é verdade? A fama e o louvor de que arte devem ser comparados à glória dos oradores? Como desconsiderar? Acaso não são os oradores ilustres na cidade, não só junto aos homens de ação e engajados nas tarefas de Estado, mas também junto aos jovens[20] desocupados e aos adolescentes que têm um mínimo de índole correta e dos quais se pode esperar algo?

4. De quem são os nomes que em primeiro lugar os pais apresentam aos seus filhos? A quem, quando passam, com muita frequência até a multidão inexperiente e esse povo que usa túnica[21] chamam pelo nome e apontam com o dedo? Os forasteiros e mesmo os estrangeiros, tendo-os ouvido em seus municípios e colônias, tão logo chegam a Roma, perguntam por eles e têm como que um desejo de conhecê-los.

VIII. 1. Ausim contendere Marcellum hunc Eprium, de quo modo locutus sum, et Crispum Vibium (libentius enim nouis et recentibus quam remotis et oblitteratis exemplis utor) non minores esse in extremis partibus terrarum quam Capuae aut Vercellis, ubi nati dicuntur.

2. Nec hoc illis alterius [bis alterius] ter milies sestertium praestat, quamquam ad has ipsas opes possunt uideri eloquentiae beneficio uenisse, [sed] ipsa eloquentia; cuius numen et caelestis uis multa quidem omnibus saeculis exempla edidit, ad quam usque fortunam homines ingenii uiribus peruenerint, sed haec, ut supra dixi, proxima et quae non auditu cognoscenda, sed oculis spectanda haberemus.

3. Nam quo sordidius et abiectius nati sunt quoque notabilior paupertas et angustiae rerum nascentis eos circumsteterunt, eo clariora et ad demonstrandam oratoriae eloquentiae utilitatem inlustriora exempla sunt, quod sine commendatione natalium, sine substantia facultatum, neuter moribus egregius, alter habitu quoque corporis contemptus, per multos iam annos potentissimi sunt ciuitatis ac, donec libuit, principes fori, nunc principes in Caesaris amicitia agunt feruntque cuncta atque ab ipso principe cum quadam reuerentia diliguntur, quia Vespasianus, uenerabilis senex et patientissimus ueri, bene intellegit [et] ceteros quidem amicos suos iis niti, quae ab ipso acceperint quaeque ipsis accumulare et in alios congerere promptum

VIII. 1. Eu ousaria afirmar que esse Marcelo Éprio, sobre o qual falei há pouco, e Víbio Crispo[22] (de fato, uso deliberadamente exemplos novos e recentes ao invés dos remotos e apagados) não são eles próprios, nas regiões mais distantes do mundo, menores do que em Cápua ou Vecélio, onde se diz terem nascido.

2. E não contribui para isso o fato de possuírem, um deles dois mil sestércios, o outro três mil – ainda que possam parecer ter alcançado essas mesmas riquezas pelo benefício da eloquência –, mas a própria eloquência. O poder e a força divina dela de fato produziram por todos os séculos muitos exemplos de como homens, pelas forças do talento, atingiram tal sorte; mas, como eu disse acima, teríamos esses exemplos perto de nós, e não hão de ser conhecidos pelo ouvir falar sobre eles, porém devem ser vistos com os próprios olhos.

3. Com efeito, quanto mais mesquinha e desprezivelmente tenham nascido e quanto mais reconhecida pobreza e precariedade das coisas tenham-nos rodeado ao nascer, tanto mais célebres e elucidativos são eles exemplos para mostrar a utilidade da eloquência oratória. Sem serem de família nobre, sem terem posses materiais, nenhum dos dois destacado por seus costumes, um deles até mesmo desprezado pela aparência física, já há muitos anos são os mais influentes da comunidade. Enquanto era sua vontade, foram os primeiros do fórum. Agora, no entanto, primeiros na amizade de César, encaminham e conduzem todas as coisas; são admirados pelo próprio Príncipe com certa reverência, porque Vespasiano, ancião venerável e tendo de suportar a verdade, bem compreende que, enquanto os seus outros amigos apoiavam-se naquilo que tinham recebido de si, e que ele próprio estava pronto para os cumular de bens e até dar em quantidade a outros,

sit, Marcellum autem et Crispum attulisse ad amicitiam suam quod non a principe acceperint nec accipi possit.

4. Minimum inter tot ac tanta locum obtinent imagines ac tituli et statuae, quae neque ipsa tamen negleguntur, tam hercule quam diuitiae et opes, quas facilius inuenies qui uituperet quam qui fastidiat. His igitur et honoribus et ornamentis et facultatibus refertas domos eorum uidemus, qui se ab ineunte adulescentia causis forensibus et oratorio studio dederunt.

IX. 1. Nam carmina et uersus, quibus totam uitam Maternus insumere optat (inde enim omnis fluxit oratio), neque dignitatem ullam auctoribus suis conciliant neque utilitates alunt; uoluptatem autem breuem, laudem inanem et infructuosam consequuntur.

2. Licet haec ipsa et quae deinceps dicturus sum aures tuae, Materne, respuant, cui bono est, si apud te Agamemnon aut Iason diserte loquitur? Quis ideo domum defensus et tibi obligatus redit? Quis Saleium nostrum, egregium poetam uel, si hoc honorificentius est, praeclarissimum uatem, deducit aut salutat aut prosequitur?

3. Nempe si amicus eius, si propinquus, si denique ipse in aliquod negotium inciderit, ad hunc Secundum recurret aut ad te, Materne, non quia poeta es, neque ut pro eo uersus facias; hi enim Basso domi nascuntur, pulchri quidem et iucundi, quorum tamen hic exitus est, ut cum

Marcelo e Crispo, em sentido contrário, levaram para a sua amizade aquilo que, nem haviam recebido de um príncipe, nem mesmo o pode ser.

4. Ocupam o mínimo lugar, entre tantas e tão importantes grandezas, os retratos, as inscrições e as estátuas. Essas coisas, todavia, não se negligenciam, como, por exemplo, por Hércules, as riquezas e as posses. A estas, mais facilmente se encontrará quem as censure do que alguém que delas se enfastie. De fato, vemos cheias de honrarias, ornamentos e riquezas as casas daqueles que se dedicaram, desde os primeiros tempos de sua juventude, às causas forenses e ao exercício da oratória.

IX. 1. Com efeito, os poemas e os versos, aos quais Materno prefere consagrar toda a sua vida (esta, de fato, é a razão da qual emanou todo o discurso), nem proporcionam alguma dignidade aos seus autores, nem alimentam qualquer utilidade; trazem como consequências, no entanto, um prazer efêmero, uma glória vazia e infrutífera.

2. Mesmo que os teus ouvidos, ó Materno, rejeitem tudo isso e ainda o que hei de dizer logo em seguida, quem se beneficiará se em tuas obras Agamêmnon ou Jasão falarem com desenvoltura? Quem, por causa disso, volta para casa defendido e com obrigações em relação a ti? Quem à própria casa leva, cumprimenta ou segue o nosso Saleio, poeta destacado, ou, se é mais honroso dizer, vate, o mais brilhante?

3. Certamente, se um amigo dele, se um parente, enfim, se ele próprio tiver-se envolvido em algum problema, recorrerá aqui ao Segundo ou a ti, Materno, não porque és poeta, nem para que faças versos em defesa dele. Em verdade, os versos nascem na casa de Basso, sem dúvida belos e agradáveis. Um resultado, todavia, é que,

toto anno, per omnes dies, magna noctium parte unum librum excudit et elucubrauit, rogare ultro et ambire cogatur, ut sint qui dignentur audire, et ne id quidem gratis; nam et domum mutuatur et auditorium exstruit et subsellia conducit et libellos dispergit.

4. Et ut beatissimus recitationem eius euentus prosequatur, omnis illa laus intra unum aut alterum diem, uelut in herba uel flore praecerpta, ad nullam certam et solidam peruenit frugem, nec aut amicitiam inde refert aut clientelam aut mansurum in animo cuiusquam beneficium, sed clamorem uagum et uoces inanis et gaudium uolucre.

5. Laudauimus nuper ut miram et eximiam Vespasiani liberalitatem, quod quingenta sestertia Basso donasset. pulchrum id quidem, indulgentiam principis ingenio mereri: quanto tamen pulchrius, si ita res familiaris exigat, se ipsum colere, suum genium propitiare, suam experiri liberalitatem!

6. Adice quod poetis, si modo dignum aliquid elaborare et efficere uelint, relinquenda conuersatio amicorum et iucunditas urbis, deserenda cetera officia utque ipsi dicunt, in nemora et lucos, id est in solitudinem secedendum est.

X. 1. Ne opinio quidem et fama, cui soli seruiunt et quod unum esse pretium omnis laboris sui fatentur, aeque poetas quam oratores sequitur, quoniam mediocris poetas nemo nouit, bonos pauci.

quando em um ano inteiro, durante todos os dias, em grande parte também das noites, esteve forjando e deu à luz um único livro, ele seja obrigado a pedir e, além disso, andar às voltas, para que haja quem se digne a ouvi-lo, o que nem acontece de graça. Com efeito, não só é preciso obter uma casa por empréstimo, mas também montar um auditório, arranjar assentos e distribuir convites.

4. E, ainda que um resultado pleno de êxito siga a sua leitura, todo aquele louvor, dentro de um ou dois dias, assim como em relva ou em flor cortada antes do tempo, não chega a uma colheita certa e segura. Não se consegue disso, como retorno, nem amizade, nem clientela, nem um favor que há de permanecer no ânimo de quem quer que seja, mas apenas um clamor vago, vozes vazias e uma alegria volátil.

5. Louvamos, não faz muito tempo, como admirável e sem igual, a generosidade de Vespasiano, porque havia dado a Basso quinhentos sestércios. Isto é de fato belo: merecer, pelo próprio talento, a indulgência do Príncipe. Por sua vez, é tanto mais belo, se assim as condições familiares o permitirem, um indivíduo cultivar-se a si mesmo, tornar propício o seu próprio gênio,[23] pôr à prova a generosidade que traz dentro de si!

6. Acrescenta ainda isto: se querem elaborar e realizar algo digno, devem ser abandonados pelos poetas a discussão com os amigos e os encantos da cidade. Devem-se deixar as outras ocupações e retirar-se, como eles mesmos dizem, rumo aos bosques e clareiras, isto é, rumo à solidão.

X.1. Em verdade, a reputação e a fama, únicas coisas a que servem e confessam ser o único mérito de todo o seu esforço, seguem por igual os poetas e os oradores, porque ninguém conhece os poetas medíocres, e poucos conheceram os bons.

2. Quando enim rarissimarum recitationum fama in totam urbem penetrat? Nedum ut per tot prouincias innotescat. Quotus quisque, cum ex Hispania uel Asia, ne quid de Gallis nostris loquar, in urbem uenit, Saleium Bassum requirit? Atque adeo si quis requirit, ut semel uidit, transit et contentus est, ut si picturam aliquam uel statuam uidisset.

3. Neque hunc meum sermonem sic accipi uolo, tamquam eos, quibus natura sua oratorium ingenium denegauit, deterream a carminibus, si modo in hac studiorum parte oblectare otium et nomen inserere possunt famae.

4. Ego uero omnem eloquentiam omnisque eius partis sacras et uenerabilis puto, nec solum cothurnum uestrum aut heroici carminis sonum, sed lyricorum quoque iucunditatem et elegorum lasciuias et iamborum amaritudinem [et] epigrammatum lusus et quamcumque aliam speciem eloquentia habeat, anteponendam ceteris aliarum artium studiis credo.

5. Sed tecum mihi, Materne, res est, quod, cum natura tua in ipsam arcem eloquentiae ferat, errare mauis et summa adepturus in leuioribus subsistis. ut si in Graecia natus esses, ubi ludicras quoque artis exercere honestum est, ac tibi Nicostrati robur ac uires di dedissent, non paterer inmanis illos et ad pugnam natos lacertos leuitate iaculi aut iactu disci uanescere, sic nunc te ab auditoriis et theatris in forum et ad causas et ad uera proelia uoco, cum praesertim ne ad illud quidem confugere possis, quod plerisque patrocinatur,

2. Quando, de fato, a fama de raríssimas leituras se introduz em toda a cidade? Com mais especificidade ainda, quando é que se torna conhecida por tantas províncias? Quantos dos que vêm para a Cidade, saídos da Hispânia ou da Ásia, para que eu não mencione as nossas Gálias, procuram Saleio Basso? E mais, se alguém o procura, uma vez que o tenha visto, passa e se satisfaz, como se tivesse visto uma pintura qualquer ou uma estátua.

3. Não quero que esta minha fala seja acolhida de tal maneira que aqueles aos quais a própria natureza negou o talento oratório, eu os afaste dos poemas, se, de algum modo, nessa parte dos estudos podem satisfazer o ócio e inserir o nome na fama.

4. Eu, em verdade, julgo que toda a eloquência e todas as suas partes são sagradas e veneráveis: não apenas as vossas tragédias, ou o som dos versos heroicos, mas também a agradabilidade dos líricos, os gracejos das elegias, o azedume dos jambos, as brincadeiras dos epigramas e qualquer outra forma que a eloquência tenha, creio que deva ser posta à frente dos demais estudos das outras artes.

5. Mas é contigo, Materno, que eu entro em questão, porque, mesmo que a tua natureza te leve ao próprio cume da eloquência, preferes andar errante e, podendo alcançar os pontos mais altos, te assentas nos lugares de pouca relevância. Se tivesses nascido na Grécia, onde é igualmente honroso exercer as artes dos jogos, e os deuses te tivessem dado o vigor e as forças de Nicostrato,[24] eu não admitiria que aqueles braços enormes e nascidos para a batalha se esvanecessem pela leveza do dardo e pelo lançamento do disco. Assim, eu te convoco dos auditórios e dos teatros para o fórum, para as causas e para as verdadeiras batalhas, uma vez que não podes recorrer àquilo que serve de desculpa a muitos, isto é,

tamquam minus obnoxium sit offendere poetarum quam oratorum studium.

6. Efferuescit enim uis pulcherrimae naturae tuae, nec pro amico aliquo, sed, quod periculosius est, pro Catone offendis. Nec excusatur offensa necessitudine officii aut fide aduocationis aut fortuitae et subitae dictionis impetu: meditatus uideris [aut] elegisse personam notabilem et cum auctoritate dicturam.

7. Sentio quid responderi possit: hinc ingentis [ex his] adsensus, haec in ipsis auditoriis praecipue laudari et mox omnium sermonibus ferri. Tolle igitur quietis et securitatis excusationem, cum tibi sumas aduersarium superiorem.

8. Nobis satis sit priuatas et nostri saeculi controuersias tueri, in quibus [expressis] si quando necesse sit pro periclitante amico potentiorum aures offendere, et probata sit fides et libertas excusata."

XI. 1. Quae cum dixisset Aper acrius, ut solebat, et intento ore, remissus et subridens Maternus "parantem" inquit "me non minus diu accusare oratores quam Aper laudauerat (fore enim arbitrabar ut a laudatione eorum digressus detrectaret poetas atque carminum studium prosterneret) arte quadam mitigauit, concedendo iis, qui causas agere non possent, ut uersus facerent.

2. Ego autem sicut in causis agendis efficere aliquid et eniti fortasse possum,

que o ofício dos poetas seja menos perigoso para ofender que as ações dos oradores.

6. De fato, faz-se efervescente a força da tua natureza muito admirável, e provocas ofensas não por causa de algum amigo, mas, o que é ainda mais perigoso, por causa de Catão. E a ofensa não pode ser justificada por necessidade de ofício, pela boa crença na advocacia ou pelo ímpeto de um discurso de improviso e precipitado. Parece, com clareza de reflexão, teres escolhido uma pessoa notável e pronta para falar com autoridade.

7. Sei muito bem o que pode ser dado como resposta: é que daí vêm os grandes sentimentos de aprovação; são essas as coisas que, nos próprios auditórios, se louvam e são levadas de imediato para a fala de todos. Abandona, portanto, a desculpa da quietude e da segurança, quando tiveres de assumir contra ti um adversário superior.

8. Seja-nos suficiente cuidar de causas particulares e relativas ao nosso tempo, nas quais, se, em favor de um amigo em risco, for necessário ofender os ouvidos dos muito poderosos, então se aprove a lealdade e se dê como desculpada a liberdade.

XI. 1. Tendo Áper dito essas coisas muito energicamente, como costumava, e com o rosto tenso, Materno, calmo e sorridente, diz: "A mim, que me preparava para acusar os oradores não menos demoradamente do que Áper os elogiara (de fato, eu julgava que ele estaria de tal maneira longe do elogio dos poetas que os depreciaria e jogaria por terra o gosto dos poemas), ele, por meio de certa arte, abrandou-me, ao admitir que fizessem versos aqueles que não pudessem exercer a advocacia.

2. Eu, por minha vez, tanto quanto posso realizar e provavelmente conseguir algo no atuar em algumas

ita recitatione tragoediarum et ingredi famam auspicatus sum, cum quidem in Nerone inprobam et studiorum quoque sacra profanantem Vatinii potentiam fregi, [et] hodie si quid in nobis notitiae ac nominis est, magis arbitror carminum quam orationum gloria partum.

3. Ac iam me deiungere a forensi labore constitui, nec comitatus istos et egressus aut frequentiam salutantium concupisco, non magis quam aera et imagines, quae etiam me nolente in domum meam inruperunt.

4. Nam statum cuiusque ac securitatem melius innocentia tuetur quam eloquentia, nec uereor ne mihi umquam uerba in senatu nisi pro alterius discrimine facienda sint.

XII. 1. Nemora uero et luci et secretum ipsum, quod Aper increpabat, tantam mihi adferunt uoluptatem, ut inter praecipuos carminum fructus numerem, quod non in strepitu nec sedente ante ostium litigatore nec inter sordes ac lacrimas reorum componuntur, sed secedit animus in loca pura atque innocentia fruiturque sedibus sacris.

2. Haec eloquentiae primordia, haec penetralia; hoc primum habitu cultuque commoda mortalibus in illa casta et nullis contacta uitiis pectora influxit: sic oracula loquebantur. Nam lucrosae huius et sanguinantis eloquentiae usus recens et ex malis moribus natus, atque, ut tu dicebas, Aper, in locum teli repertus.

causas, almejei auspícios de entrar na fama pela leitura pública de minhas tragédias. Na verdade, em *Nero*,[25] rompi o poder de Vatínio,[26] ímprobo e profanador do que há de mais sagrado nos estudos. Hoje, se algo existe em mim de notoriedade e de renome, julgo que nasceu mais da glória dos poemas do que da de discursos.

3. E já me decidi desatrelar do desgaste do fórum, e não cobiço essas companhias, esses cortejos que, mal se sai, seguem atrás, ou a multidão de aduladores. Também não cobiço mais os bronzes e estátuas, que, mesmo contra a minha vontade, irromperam pela minha casa.

4. Com efeito, a inocência é que, melhor do que a eloquência, protege a posição e a segurança de cada um; não tenho receio de que venha, algum dia, a falar no Senado, a não ser em causa de defesa de um outro em perigo.

XII. 1. Quanto aos bosques, às clareiras e ao próprio retiro, que Áper criticava, eles me trouxeram tamanhos prazeres que eu os enumeraria entre os principais frutos de meus poemas. Estes, em verdade, são compostos não no tumulto, nem estando um litigante assentado diante da porta, nem entre as expressões de dor[27] e lágrimas dos réus, mas quando o ânimo se retira para lugares puros e sem hostilidade e usufrui das moradas sagradas.

2. Tais foram os primórdios da eloquência, tais são seus santuários. Com essa maneira de ser e forma refinada, lá no seu princípio, levou aos mortais o que é bom e instalou-se naqueles peitos castos e não tocados por vícios; desse modo é que os oráculos falavam. Com efeito, é recente o uso desta eloquência lucrosa e sanguinária, uso nascido dos maus costumes e, como tu dizias, Áper, inventado no lugar do dardo.

3. Ceterum felix illud et, ut more nostro loquar, aureum saeculum, et oratorum et criminum inops, poetis et uatibus abundabat, qui bene facta canerent, non qui male admissa defenderent.

4. Nec ullis aut gloria maior aut augustior honor, primum apud deos, quorum proferre responsa et interesse epulis ferebantur, deinde apud illos dis genitos sacrosque reges, inter quos neminem causidicum, sed Orphea ac Linum ac, si introspicere altius uelis, ipsum Apollinem accepimus.

5. Vel si haec fabulosa nimis et composita uidentur, illud certe mihi concedes, Aper, non minorem honorem Homero quam Demostheni apud posteros, nec angustioribus terminis famam Euripidis aut Sophoclis quam Lysiae aut Hyperidis includi.

6. Pluris hodie reperies, qui Ciceronis gloriam quam qui Virgilii detrectent: nec ullus Asinii aut Messallae liber tam inlustris est quam Medea Ouidii aut Varii Thyestes.

XIII. 1. Ac ne fortunam quidem uatum et illud felix contubernium comparare timuerim cum inquieta et anxia oratorum uita. licet illos certamina et pericula sua ad consulatus euexerint, malo securum et quietum Virgilii secessum, in quo tamen neque apud diuum Augustum gratia caruit neque apud populum Romanum notitia.

2. Testes Augusti epistulae, testis ipse populus, qui auditis in theatro Virgilii uersibus surrexit

3. De resto, era feliz aquele tempo e, para dizer ao nosso costume, um tempo de ouro, mas parco de oradores e de crimes. Abundava, no entanto, em poetas e vates, que cantavam os feitos de bem, que não defendiam crimes nem malfeitos.

4. A ninguém se concedia glória maior ou honra mais elevada, primeiramente junto aos deuses, cujas respostas, segundo se contava, eles revelavam, além de estarem até mesmo presentes nos banquetes celestes; depois, junto àqueles gerados pelos deuses e junto aos reis sagrados, entre os quais ouvimos dizer não ter existido nenhum advogado, porém existiram Orfeu e Lino[28] e, se quiseres analisar mais profundamente, o próprio Apolo.

5. Mas se esses fatos parecem demasiadamente imaginários e bem arranjados, certamente admitirás comigo, Áper, que a posteridade não presta a Homero uma honra menor que a Demóstenes, nem que a fama de Eurípides ou de Sófocles encerra-se em limites mais estreitos que a de Lísias ou Hipérides.[29]

6. Encontrarás hoje aqueles que depreciam a glória de Cícero em número maior do que os que desprezam a de Virgílio; e nenhum livro de Asínio ou de Messala é tão famoso quanto a *Medeia* de Ovídio ou o *Tiestes* de Vário.[30]

XIII. 1. Eu teria receio, em verdade, de comparar a fortuna dos poetas e aquela fecunda convivência com a vida ansiosa e inquieta dos oradores. Ainda que suas disputas e perigos os tenham podido alçar ao consulado, prefiro o seguro e tranquilo retiro de Virgílio, no qual, todavia, não lhe faltou o favor junto ao divino Augusto, nem a notoriedade junto ao povo romano.

2. São testemunhos as cartas de Augusto, disto é testemunho o próprio povo que, ao ouvir no teatro os versos

uniuersus et forte praesentem spectantemque Virgilium ueneratus est sic quasi Augustum.

3. Ne nostris quidem temporibus Secundus Pomponius Afro Domitio uel dignitate uitae uel perpetuitate famae cesserit.

4. Nam Crispus iste et Marcellus, ad quorum exempla me uocas, quid habent in hac sua fortuna concupiscendum? Quod timent, an quod timentur? Quod, cum cotidie aliquid rogentur, ii quibus praestant indignantur? Quod adligati omni adulatione nec imperantibus umquam satis serui uidentur nec nobis satis liberi? Quae haec summa eorum potentia est? tantum posse liberti solent.

5. Me uero "dulces," ut Virgilius ait, "Musae," remotum a sollicitudinibus et curis et necessitate cotidie aliquid contra animum faciendi, in illa sacra illosque fontis ferant; nec insanum ultra et lubricum forum famamque pallentem trepidus experiar.

6. Non me fremitus salutantium nec anhelans libertus excitet, nec incertus futuri testamentum pro pignore scribam, nec plus habeam quam quod possim cui uelim relinquere;

*quandoque enim fatalis et meus dies ueniet:*

statuarque tumulo non maestus et atrox, sed hilaris et coronatus, et pro memoria mei nec consulat quisquam nec roget."

XIV. 1. Vixdum finierat Maternus, concitatus et uelut instinctus, cum Vipstanus Messalla

de Virgílio, levantou-se todo e o honrou, por sorte presente e assistindo, quase como se ele fosse o próprio Augusto.

3. Nem mesmo em nossos tempos, Pompônio Segundo[31] ficou abaixo de Domício Afro,[32] seja em prestígio da vida, seja em perpetuidade da fama.

4. Com efeito, aquele Crispo e o Marcelo, para cujos exemplos me chamas, o que têm eles de cobiçável em seu destino? O fato de que temem, ou os motivos pelos quais são temidos? O fato de que, ao lhes ser diariamente rogado algum favor, aqueles a quem eles prestam favores se tornam passíveis de sofrer deles indignidades? O fato de que, atados por todo tipo de adulação, jamais parecem aos que mandam suficientemente escravos, nem a nós suficientemente livres? Que supremo poder é esse o deles? Como costumam esses libertos poder tanto!

5. Verdadeiramente, "as doces Musas",[33] como diz Virgílio, a mim, afastado das inquietações, das preocupações e da necessidade de fazer cotidianamente algo contra a vontade, me levem para aqueles locais sagrados e aquelas fontes. Eu a tremer não mais experimentarei o mais que insano e instável fórum, nem a fama que empalidece.

6. Não me provocará, nem o alarido dos que vêm cumprimentar, nem o liberto arquejante; que eu não precise, incerto do futuro, escrever um testamento como garantia; que eu não possua mais do que aquilo que eu possa deixar para quem eu queira,

'quando enfim chegar o meu dia fatal',[34]

que eu seja posto em estátua, no túmulo, nem triste, nem atroz, mas alegre e coroado de flores, e que, pela lembrança de mim, ninguém delibere em assembleia, nem proponha resoluções."

XIV. 1. Materno, ardente e como se inspirado, mal havia terminado, quando em seu pequeno quarto entrou

cubiculum eius ingressus est, suspicatusque ex ipsa intentione singulorum altiorem inter eos esse sermonem, "num parum tempestiuus" inquit "interueni secretum consilium et causae alicuius meditationem tractantibus?"

2. "Minime, minime" inquit Secundus, "atque adeo uellem maturius interuenisses; delectasset enim te et Apri nostri accuratissimus sermo, cum Maternum ut omne ingenium ac studium suum ad causas agendas conuerteret exhortatus est, et Materni pro carminibus suis laeta, utque poetas defendi decebat, audentior et poetarum quam oratorum similior oratio."

3. "Me uero" inquit "[et] sermo iste infinita uoluptate adfecisset, atque id ipsum delectat, quod uos, uiri optimi et temporum nostrorum oratores, non forensibus tantum negotiis et declamatorio studio ingenia uestra exercetis, sed eius modi etiam disputationes adsumitis, quae et ingenium alunt et eruditionis ac litterarum iucundissimum oblectamentum cum uobis, qui ista disputatis, adferunt, tum etiam iis, ad quorum auris peruenerint.

4. Itaque hercule non minus probari uideo in te, Secunde, quod Iuli Africani uitam componendo spem hominibus fecisti plurium eius modi librorum, quam in Apro, quod nondum ab scholasticis controuersiis recessit et otium suum mauult nouorum rhetorum more quam ueterum oratorum consumere."

Vipstano Messala.[35] Este, face à expressão pesada de cada um, suspeitou haver entre eles um assunto muito elevado e disse: "Por acaso, pouco oportuno, interrompi, de vós que discutis, uma deliberação secreta e a preparação de alguma causa?"

2. "De modo algum", disse Segundo. "Eu gostaria até mesmo que mais cedo tivesses intervindo. Na verdade, a acuradíssima fala de nosso Áper também te haveria deleitado, quando exortou Materno a que voltasse todo o seu talento e a sua dedicação à defesa das causas jurídicas; assim também te agradaria o discurso de Materno em favor de seus poemas, fértil e, como convinha defender os poetas, muito ousado e mais próximo dos poetas do que dos oradores".

3. "A mim, verdadeiramente", disse, "essa tua fala também me teria disposto com infinito prazer. Ela deleita pelo fato de que vós, os melhores homens e oradores dos nossos tempos, não exercitais vossos talentos somente nos assuntos forenses ou no estudo declamatório, mas também acrescentais discussões de outros tipos, as quais tanto alimentam o talento quanto trazem um agradabilíssimo prazer de erudição e de literatura a vós, que as discutis, e também àqueles a cujos ouvidos tenham chegado.

4. Por isso, por Hércules, não te vejo, ó Segundo, menos digno de elogio e aprovação, pois, ao compores a biografia de Júlio Africano,[36] causaste aos homens esperança de muitos livros desse tipo; não menos digno do que Áper, porque ele ainda não deixou para trás as controvérsias de escola[37] e prefere empregar seu ócio à moda dos novos retores, ao invés de fazê-lo ao costume dos antigos oradores.

XV. 1. Tum Aper: "non desinis, Messalla, uetera tantum et antiqua mirari, nostrorum autem temporum studia inridere atque contemnere. Nam hunc tuum sermonem saepe excepi, cum oblitus et tuae et fratris tui eloquentiae neminem hoc tempore oratorem esse contenderes atque id eo, credo, audacius, quod malignitatis opinionem non uerebaris, cum eam gloriam, quam tibi alii concedunt, ipse tibi denegares."

2. "Neque illius" inquit "sermonis mei paenitentiam ago, neque aut Secundum aut Maternum aut te ipsum, Aper, quamquam interdum in contrarium disputes, aliter sentire credo. Ac uelim impetratum ab aliquo uestrum ut causas huius infinitae differentiae scrutetur ac reddat, quas mecum ipse plerumque conquiro.

3. Et quod quibusdam solacio est, mihi auget quaestionem, quia uideo etiam Graecis accidisse ut longius absit [ab] Aeschine et Demosthene Sacerdos ille Nicetes, et si quis alius Ephesum uel Mytilenas concentu scholasticorum et clamoribus quatit, quam Afer aut Africanus aut uos ipsi a Cicerone aut Asinio recessistis."

XVI. 1. "Magnam" inquit Secundus "et dignam tractatu quaestionem mouisti. Sed quis eam iustius explicabit quam tu, ad cuius summam eruditionem et praestantissimum ingenium cura quoque et meditatio accessit?"

2. Et Messalla "aperiam" inquit "cogitationes meas, si illud a uobis ante impetrauero, ut uos quoque sermonem hunc nostrum adiuuetis."

XV. 1. Então, Áper disse: "Não cessas, Messala, de admirar apenas as coisas desgastadas e antigas e, por outro lado, de zombar e desprezar os estudos de nossos tempos. Com efeito, muitas vezes ouvi essa tua conversa, com que, esquecido tanto da tua eloquência quanto da de teu irmão,[38] afirmavas não haver hoje em dia nenhum orador. Por isso, acredito que, de maneira muito ousada, não receavas a opinião depreciadora, visto que recusavas a ti próprio aquela mesma glória que os outros te concediam".

2. "Nem me penitencio", disse, "daquela minha fala, nem acredito que Segundo, ou Materno, ou tu próprio, Áper, embora algumas vezes argumentes contrariamente, penseis de modo diferente. E eu gostaria que fosse assumida por algum de vós a tarefa de examinar a fundo e expor as causas dessa infinita diferença – sobre elas me pergunto a maior parte do tempo.

3. E o que a alguns é consolo, a mim aumenta o problema: de fato, vejo ter acontecido que também entre os gregos há uma grande distância entre os oradores Esquines[39] e Demóstenes e aquele Sacerdote Nicetes;[40] assim, igualmente acontece se um indivíduo qualquer agita Éfeso ou Mitilenas[41] com os aplausos e clamores de seus alunos de retórica. É o que se dá em relação ao quanto Afro,[42] Africano[43] ou vós mesmos vos afastastes de Cícero ou Asínio".[44]

XVI. 1. "Levantaste", disse Segundo, "uma questão importante e digna de ser tratada. Mas quem a explicará com mais justiça que tu, a quem o cuidado e a meditação se juntaram a uma elevada erudição e um enorme talento?

2. E Messala diz: "Exporei minhas cogitações, se antes eu tiver conseguido de vós que também me ajudeis nesta nossa fala".

3. "Pro duobus" inquit Maternus "promitto: nam et ego et Secundus exsequemur eas partis, quas intellexerimus te non tam omisisse quam nobis reliquisse. Aprum enim solere dissentire et tu paulo ante dixisti et ipse satis manifestus est iam dudum in contrarium accingi nec aequo animo perferre hanc nostram pro antiquorum laude concordiam."

4. "Non enim" inquit Aper "inauditum et indefensum saeculum nostrum patiar hac uestra conspiratione damnari: sed hoc primum interrogabo, quos uocetis antiquos, quam oratorum aetatem significatione ista determinetis.

5. Ego enim cum audio antiquos, quosdam ueteres et olim natos intellego, ac mihi uersantur ante oculos Ulixes ac Nestor, quorum aetas mille fere et trecentis annis saeculum nostrum antecedit: uos autem Demosthenem et Hyperidem profertis, quos satis constat Philippi et Alexandri temporibus floruisse, ita tamen ut utrique superstites essent.

6. Ex quo apparet non multo pluris quam trecentos annos interesse inter nostram et Demosthenis aetatem. Quod spatium temporis si ad infirmitatem corporum nostrorum referas, fortasse longum uideatur; si ad naturam saeculorum ac respectum inmensi huius aeui, perquam breue et in proximo est.

7. Nam si, ut Cicero in Hortensio scribit, is est magnus et uerus annus, par quo eadem positio caeli siderumque, quae cum maxime est, rursum existet,

3. "Prometo", disse Materno, "pelos dois! Com efeito, tanto eu quanto Segundo acompanharemos aquelas partes que tivermos entendido não as teres omitido, mas como que as tenhas reservado para nós. Também disseste há pouco que Áper de fato costumava discordar, e ele próprio enfaticamente manifestou já há algum tempo estar armado nesse contrário sentido, de tal modo a enfrentar com ânimo não sereno esta nossa concórdia em favor do mérito dos antigos".

4. "Em verdade, não admitirei impassível", diz Áper, "que nosso século, não ouvido e indefeso, seja prejudicado por essa vossa conspiração. Mas questionarei em primeiro lugar: o que chamais de antigos? Que geração de oradores determinais por esta expressão?

5. De minha parte, em verdade, quando ouço antigos, entendo uns certos velhos, pessoas nascidas num tempo remoto, de maneira que voltam a mim, diante dos olhos, Ulisses e Nestor,[45] geração que antecede nosso século em mil e quase trezentos anos. Vós, então, mencionais como antigos Demóstenes e Hipérides, os quais – conta-se – floresceram nos tempos de Alexandre e de Filipe[46] e sobreviveram a ambos.

6. Consideradas essas referências, parece existirem entre a nossa geração e a de Demóstenes não mais que trezentos anos. Tal espaço de tempo, se se referir à fragilidade dos nossos corpos, talvez pareça longo, mas se se referir à natureza dos séculos e à constatação deste imenso escoar do tempo, se torna completamente breve e próximo.

7. Com efeito, se é como Cícero escreve em *Hortênsio*,[47] um ano grande e verdadeiro é aquele em que a posição do céu e dos astros surge de novo exatamente

isque annus horum quos nos uocamus annorum duodecim milia nongentos quinquaginta quattuor complectitur, incipit Demosthenes uester, quem uos ueterem et antiquum fingitis, non solum eodem anno quo nos, sed etiam eodem mense extitisse.

XVII. 1. Sed transeo ad Latinos oratores, in quibus non Menenium, ut puto, Agrippam, qui potest uideri antiquus, nostrorum temporum disertis anteponere soletis, sed Ciceronem et Caesarem et Caelium et Caluum et Brutum et Asinium et Messallam: quos quid antiquis potius temporibus adscribatis quam nostris, non uideo.
2. Nam ut de Cicerone ipso loquar, Hirtio nempe et Pansa consulibus, ut Tiro libertus eius scribit, septimo idus [Decembris] occisus est, quo anno diuus Augustus in locum Pansae et Hirtii se et Q. Pedium consules suffecit.
3. Statue sex et quinquaginta annos, quibus mox diuus Augustus rem publicam rexit; adice Tiberii tris et uiginti, et prope quadriennium Gai, ac bis quaternos denos Claudii et Neronis annos, atque illum Galbae et Othonis et Vitellii longum et unum annum, ac sextam iam felicis huius principatus stationem, qua Vespasianus rem publicam fouet: centum et uiginti anni ab interitu Ciceronis in hunc diem colliguntur, unius hominis aetas.
4. Nam ipse ego in Britannia uidi senem, qui se fateretur ei pugnae interfuisse, qua Caesarem inferentem arma Britanniae arcere litoribus et pellere adgressi sunt.

a mesma, e esse ano compreende doze mil novecentos e cinquenta e quatro destes que, costumeiramente, chamamos anos, então tem-se como consequência que o vosso Demóstenes, que vós imaginais acabado e velho, não apenas começa a ter existido no mesmo ano que nós, mas também no mesmo mês.

XVII. 1. Mas passo agora aos oradores latinos. Entre esses, segundo penso, não costumais antepor Menênio Agripa,[48] que pode ser considerado antigo, aos eloquentes de nossos tempos, mas pôr em destaque Cícero, César, Célio, Calvo, Bruto, Asínio e Messala.[49] Não vejo por que os inscreveis, de preferência, nos tempos antigos, e não nos nossos.

2. Com efeito, falarei, a título de exemplo, sobre o próprio Cícero: quando eram cônsules Hírtio e Pansa,[50] ele foi assassinado, como escreve o seu liberto, Tiro,[51] no dia sete dos idos de dezembro, no ano em que o divino Augusto, no lugar de Pansa e de Hírtio, escolheu como cônsules Quinto Pédio e a si mesmo.[52]

3. Calcula cinquenta e seis anos, durante os quais, prolongadamente, o divino Augusto regeu a República; soma os vinte e três de Tibério e aproximadamente o quadriênio de Gaio, mais os anos de Cláudio e de Nero, catorze para cada um; ainda aquele longo e único ano de Galba, Otônio e Vitelo mais a sexta etapa deste feliz principado, na qual Vespasiano sustenta a República. Totalizam-se, aproximadamente, cento e vinte anos, desde a morte de Cícero até hoje, isto é, o tempo que pode durar a geração de um único homem.

4. Para dizer a verdade, eu mesmo, na Britânia, conheci um velho que confessava ter participado da batalha que travaram para expulsar e mandar para longe dos litorais César, que então levava suas armas contra Britânia.[53]

5. Ita si eum, qui armatus C. Caesari restitit, uel captiuitas uel uoluntas uel fatum aliquod in urbem pertraxisset, aeque idem et Caesarem ipsum et Ciceronem audire potuit et nostris quoque actionibus interesse.

6. Proximo quidem congiario ipsi uidistis plerosque senes, qui se a diuo quoque Augusto semel atque iterum accepisse congiarium narrabant.

7. Ex quo colligi potest et Coruinum ab illis et Asinium audiri potuisse; nam Coruinus in medium usque Augusti principatum, Asinius paene ad extremum durauit, ne diuidatis saeculum, et antiquos ac ueteres uocitetis oratores, quos eorundem hominum aures adgnoscere ac uelut coniungere et copulare potuerunt.

XVIII. 1. Haec ideo praedixi, ut si qua ex horum oratorum fama gloriaque laus temporibus adquiritur, eam docerem in medio sitam et propiorem nobis quam Seruio Galbae aut C. Carboni quosque alios merito antiquos uocauerimus; sunt enim horridi et inpoliti et rudes et informes et quos utinam nulla parte imitatus esset Caluus uester aut Caelius aut ipse Cicero.

2. Agere enim fortius iam et audentius uolo, si illud ante praedixero, mutari cum temporibus formas quoque et genera dicendi. Sic Catoni seni comparatus C. Gracchus plenior et uberior, sic Graccho politior et ornatior Crassus, sic utroque distinctior et urbanior et altior Cicero,

5. Assim, se o cativeiro, ou a vontade, ou algum destino tivesse arrastado para Roma aquele que, armado, se opôs a César, ele mesmo teria podido ouvir o próprio César e Cícero e estar até mesmo presente às nossas atuações.

6. Na última distribuição de dinheiro,[54] em verdade, vós próprios vistes numerosos velhos, que narravam ter recebido também do Divino Augusto o dinheiro das distribuições uma ou mais vezes.

7. Com base nisso, tem-se que Corvino[55] e Asínio teriam podido ser ouvidos por aqueles. Com efeito, Corvino viveu até o meio do principado de Augusto; Asínio, quase até o final. Assim, não dividais o século, nem denomineis antigos e acabados aqueles oradores que os ouvidos dos mesmos homens puderam ouvir e com quem puderam, de algum modo, unir e entre si estreitar laços.

XVIII. 1. Essas coisas eu disse, anteriormente, para que, se pela fama e glória desses oradores se alcança algum renome para seus respectivos tempos, eu pudesse representar esse tempo situado em uma faixa intermediária e mais próximo de nós do que de Sérvio Galba,[56] Caio Carbão[57] e dos outros a quem poderíamos chamar, com razão, de antigos. De fato, são de causar arrepios, impolidos, rudes e informes, e oxalá o vosso Calvo, Célio ou o próprio Cícero em parte alguma os tivessem imitado.

2. De fato, quero seguir nesta ação agora mais contundentemente e de maneira mais ousada, se antes eu tiver demonstrado que as formas e também os gêneros do discurso se mudam com os tempos. Assim, Caio Graco,[58] comparado a Catão, o Antigo, é mais pleno e fecundo; assim, Crasso[59] é mais polido e ornado que Graco; de modo afirmativo, Cícero é mais distinto, civilizado e

Cicerone mitior Coruinus et dulcior et in uerbis magis elaboratus.

3. Nec quaero quis disertissimus: hoc interim probasse contentus sum, non esse unum eloquentiae uultum, sed in illis quoque quos uocatis antiquos pluris species deprehendi, nec statim deterius esse quod diuersum est, uitio autem malignitatis humanae uetera semper in laude, praesentia in fastidio esse.

4. Num dubitamus inuentos qui prae Catone Appium Caecum magis mirarentur? satis constat ne Ciceroni quidem obtrectatores defuisse, quibus inflatus et tumens nec satis pressus, sed supra modum exsultans et superfluens et parum Atticus uideretur.

5. Legistis utique et Calui et Bruti ad Ciceronem missas epistulas, ex quibus facile est deprehendere Caluum quidem Ciceroni uisum exsanguem et aridum, Brutum autem otiosum atque diiunctum; rursusque Ciceronem a Caluo quidem male audisse tamquam solutum et eneruem, a Bruto autem, ut ipsius uerbis utar, tamquam "fractum atque elumbem".

6. "Si me interroges, omnes mihi uidentur uerum dixisse: sed mox ad singulos ueniam, nunc mihi cum uniuersis negotium est.

XIX. 1. Nam quatenus antiquorum admiratores hunc uelut terminum antiquitatis constituere solent, qui usque ad Cassium, quem reum faciunt, quem primum adfirmant flexisse ab illa

elevado que ambos; Corvino é mais meigo e doce do que Cícero e mais elaborado nas palavras.

3. Não busco quem seja o mais eloquente de todos. Satisfaço-me em ter provado nessa situação que não existe para a eloquência uma só feição, mas que, naqueles que igualmente chamais antigos, depreendem-se muitos semblantes; e que não é imediatamente mais deteriorado o que é diferente; satisfaço-me em ter provado também que, por sua vez, pelo vício da maldade humana, as coisas antigas estão sempre no elogio, as presentes, no desdém.

4. Por acaso podemos duvidar de terem sido encontrados alguns que admirassem mais a Áper Cego[60] do que a Catão? De fato, bem se sabe não terem faltado críticos a Cícero, aos quais ele parecia inflado e oco, não suficientemente sóbrio, mas [excessivo além da conta,] transbordante e pouco ático.[61]

5. Lestes, de todo modo, as cartas de Calvo e de Bruto, enviadas a Cícero. É fácil depreender delas que Calvo, em verdade, parecia a Cícero exangue e árido, e Bruto, por sua vez, desleixado e desconexo. Inversamente, depreende-se que Cícero também foi mal apreciado por Calvo, como sem energia e sem nervo, e por Bruto, para usar de suas palavras, como "quebrado e sem espinha dorsal".

6. Se me perguntares, todos parecem-me ter dito a verdade. Posteriormente me dirigirei a cada um individualmente. Agora, é preciso que eu os trate no seu conjunto.

XIX. 1. Com efeito, na medida em que os admiradores dos antigos costumam determinar como limite da antiguidade os que existiram até Cássio[62] (fazem-no réu e afirmam ser ele o primeiro a ter-se desviado daquele velho e direito caminho da oratória),

uetere atque directa dicendi uia, non infirmitate ingenii nec inscitia litterarum transtulisse se ad aliud dicendi genus contendo, sed iudicio et intellectu.

2. Vidit namque, ut paulo ante dicebam, cum condicione temporum et diuersitate aurium formam quoque ac speciem orationis esse mutandam. facile perferebat prior ille populus, ut imperitus et rudis, impeditissimarum orationum spatia, atque id ipsum laudabat, si dicendo quis diem eximeret.

3. Iam uero longa principiorum praeparatio et narrationis alte repetita series et multarum diuisionum ostentatio et mille argumentorum gradus, et quidquid aliud aridissimis Hermagorae et Apollodori libris praecipitur, in honore erat; quod si quis odoratus philosophiam uideretur et ex ea locum aliquem orationi suae insereret, in caelum laudibus ferebatur.

4. Nec mirum; erant enim haec noua et incognita, et ipsorum quoque oratorum paucissimi praecepta rhetorum aut philosophorum placita cognouerant.

5. At hercule peruulgatis iam omnibus, cum uix in cortina quisquam adsistat, quin elementis studiorum, etsi non instructus, at certe imbutus sit, nouis et exquisitis eloquentiae itineribus opus est, per quae orator fastidium aurium effugiat, utique apud eos iudices, qui ui et potestate, non iure et legibus cognoscunt,

sustento, no entanto, que ele tenha-se transportado para outro gênero do discurso não pela debilidade de talento, nem pelo desconhecimento das letras, mas por discernimento e escolha consciente.

2. De fato, como eu dizia um pouco antes, ele viu quando, pelas condições históricas e pela diversidade dos ouvintes, a forma e também a aparência do discurso deviam ser mudadas. Aquele povo de antes, de tal modo imperito e rude, suportava, com facilidade, a longa duração dos muito embaraçosos discursos e achava elogioso até mesmo o fato de alguém gastar o dia inteiro num só discurso.

3. Verdadeiramente, a esse tempo a prolongada preparação do exórdio, o encadeamento da narração começado de longe, a ostentação das muitas divisões, os mil passos dos argumentos e tudo mais que se prescreve nos aridíssimos livros de Hermágoras[63] e Apolodoro[64] estava em posição de honra. Assim, se alguém parecesse ter cheirado à filosofia e, a partir dela, inserisse algum elemento em seu discurso, era levado ao céu pelos louvores.

4. Nem há do que se admirar: essas matérias, em verdade, eram novas e desconhecidas, e, igualmente, pouquíssimos dentre os próprios oradores tinham conhecimento dos preceitos dos retores ou das máximas dos filósofos.

5. Mas, por Hércules, amplamente já divulgadas todas as matérias, uma vez que dificilmente se encontre presente no auditório alguém que, se ainda não instruído nos fundamentos do saber, pelo menos já tenha o conhecimento intuitivo, há necessidade de novos e bem cuidados caminhos para a eloquência. Por eles, o orador pode afugentar o fastio dos ouvintes, principalmente entre aqueles juízes que sentenciam segundo a força e o poder, e não segundo

nec accipiunt tempora, sed constituunt, nec exspectandum habent oratorem, dum illi libeat de ipso negotio dicere, sed saepe ultro admonent atque alio transgredientem reuocant et festinare se testantur.

XX. 1. Quis nunc feret oratorem de infirmitate ualetudinis suae praefantem? Qualia sunt fere principia Coruini. Quis quinque in Verrem libros exspectabit? Quis de exceptione et formula perpetietur illa inmensa uolumina, quae pro M. Tullio aut Aulo Caecina legimus?

2. Praecurrit hoc tempore iudex dicentem et, nisi aut cursu argumentorum aut colore sententiarum aut nitore et cultu descriptionum inuitatus et corruptus est, auersatur [dicentem].

3. Vulgus quoque adsistentium et adfluens et uagus auditor adsueuit iam exigere laetitiam et pulchritudinem orationis; nec magis perfert in iudiciis tristem et impexam antiquitatem quam si quis in scaena Roscii aut Turpionis Ambiuii exprimere gestus uelit.

4. Iam uero iuuenes et in ipsa studiorum incude positi, qui profectus sui causa oratores sectantur, non solum audire, sed etiam referre domum aliquid inlustre et dignum memoria uolunt; traduntque in uicem ac saepe in colonias ac prouincias suas scribunt, siue sensus aliquis arguta et breui sententia effulsit, siue locus exquisito et poetico cultu enituit.

o direito e as leis; que não aguardam o tempo, mas o determinam; que não consideram que o orador deva ser esperado enquanto seja do seu agrado fazer circunlóquios até chegar ao cerne da questão; pelo contrário, frequentemente advertem a retroceder aquele que passa a outro assunto e manifestam sua impaciência e pressa.

XX. 1. Quem ainda hoje suportaria um orador que inicia sua fala dizendo da debilidade da própria saúde? Tais são quase todos os exórdios de Corvino. Quem aguentará os cinco livros contra Verres?[65] Quem seguirá até o fim aqueles imensos volumes a respeito da formulação geral e das particularidades, que lemos nos discursos de defesa de Marco Túlio e de Aulo Cecina?[66]

2. Atualmente, o juiz ultrapassa o orador e, a menos que seja atraído e convencido pelo curso dos argumentos, pelo colorido das sentenças, pelo brilho e pelo refinamento das descrições, dele se afasta.

3. Igualmente, o cidadão comum, dentre os que regularmente estão presentes, o ouvinte menos frequente ou o acidental já se acostumaram a exigir não só a alegria, mas também a beleza do discurso. Além disso, não suportam mais nos julgamentos a antiguidade triste e despenteada, como se, à antiga, alguém quisesse hoje exprimir em cena os gestos de Róscio[67] e Turpião Ambívio.[68]

4. Verdadeiramente, já os jovens postos na bigorna dos estudos e os que seguem os oradores em busca do seu próprio progresso não apenas querem ouvir, mas também levar para casa algo notável e digno de memória. Assim, contam tudo uns aos outros e frequentemente escrevem para suas colônias e províncias, seja se algum sentido refulgiu em uma sentença bem construída e breve, seja se um lugar comum brilhou por causa do refinamento da expressão bem cuidada e poética.

5. Exigitur enim iam ab oratore etiam poeticus decor, non Accii aut Pacuuii ueterno inquinatus, sed ex Horatii et Virgilii et Lucani sacrario prolatus.

6. Horum igitur auribus et iudiciis obtemperans nostrorum oratorum aetas pulchrior et ornatior extitit. Neque ideo minus efficaces sunt orationes nostrae, quia ad auris iudicantium cum uoluptate perueniunt.

7. Quid enim, si infirmiora horum temporum templa credas, quia non rudi caemento et informibus tegulis exstruuntur, sed marmore nitent et auro radiantur?

XXI. 1.Equidem fatebor uobis simpliciter me in quibusdam antiquorum uix risum, in quibusdam autem uix somnum tenere. Nec unum de populo Canuti aut Atti . . . de Furnio et Toranio quique alios in eodem ualetudinario haec ossa et hanc maciem probant: ipse mihi Caluus, cum unum et uiginti, ut puto, libros reliquerit, uix in una et altera oratiuncula satis facit.

2. Nec dissentire ceteros ab hoc meo iudicio uideo: quotus enim quisque Calui in Asitium aut in Drusum legit? At hercule in omnium studiosorum manibus uersantur accusationes quae in Vatinium inscribuntur, ac praecipue secunda ex his oratio; est enim uerbis ornata et sententiis, auribus iudicum accommodata, ut scias ipsum quoque Caluum intellexisse quid melius esset,

5. Em verdade, também o decoro poético é exigido hoje em dia do orador, não emporcalhado pela velhice de Ácio ou de Pacúvio,[69] mas revelado pela sacralidade de Horácio, Virgílio e Lucano.

6. Portanto, a geração dos nossos oradores, obediente aos ouvidos e juízos desses autores, levantou-se mais bela e mais ornada. Nem por isso, pelo fato de chegarem aos ouvidos com deleite, os nossos discursos são menos eficazes.

7. Por acaso se acreditam os templos de nossa época mais frágeis, porque não são construídos com rudes blocos e telhas disformes, mas brilham pelo mármore e irradiam pelo ouro?

XXI. 1. Em verdade, confessarei a vós com toda a franqueza que eu, em alguns dos antigos, dificilmente contenho o riso, em outros, no entanto, dificilmente o sono. E não somente em relação à trupe de Canuto[70] ou Ácio [...] a respeito de Fúrnio,[71] Torânio[72] e outros que, na mesma casa de saúde, apreciam estes ossos e esta magreza: o próprio Calvo, embora tenha deixado, conforme julgo, vinte e um livros, dificilmente em um ou outro discursozinho consegue me satisfazer.

2. Nem vejo todas as demais pessoas discordarem desta minha opinião: quantos leem os discursos de Calvo contra Asício[73] ou contra Druso?[74] Por Hércules, nas mãos de todos os estudiosos encontram-se as acusações que se intitulam *Contra Vatínio*[75] e, entre esses, destaca-se o segundo discurso. É, de fato, ornado pelas palavras e sentenças e adequado aos ouvidos dos juízes, de tal maneira que através dele também se pode saber que o próprio Calvo compreendeu o que era melhor,

nec uoluntatem ei, quo [minus] sublimius et cultius diceret, sed ingenium ac uires defuisse.

3. Quid? Ex Caelianis orationibus nempe eae placent, siue uniuersae siue partes earum, in quibus nitorem et altitudinem horum temporum adgnoscimus.

4. Sordes autem illae uerborum et hians compositio et inconditi sensus redolent antiquitatem; nec quemquam adeo antiquarium puto, ut Caelium ex ea parte laudet qua antiquus est.

5. Concedamus sane C. Caesari, ut propter magnitudinem cogitationum et occupationes rerum minus in eloquentia effecerit, quam diuinum eius ingenium postulabat, tam hercule quam Brutum philosophiae suae relinquamus; nam in orationibus minorem esse fama sua etiam admiratores eius fatentur:

6. nisi forte quisquam aut Caesaris pro Decio Samnite aut Bruti pro Deiotaro rege ceterosque eiusdem lentitudinis ac teporis libros legit, nisi qui et carmina eorundem miratur. fecerunt enim et carmina et in bibliothecas rettulerunt, non melius quam Cicero, sed felicius, quia illos fecisse pauciores sciunt.

7. Asinius quoque, quamquam propioribus temporibus natus sit, uidetur mihi inter Menenios et Appios studuisse. Pacuuium certe et Accium non solum tragoediis sed etiam orationibus suis expressit; adeo durus et siccus est.

8. Oratio autem, sicut corpus hominis, ea demum pulchra est, in qua non eminent uenae

e que não lhe faltou, para que falasse de maneira sublime e elegante, a vontade: faltaram o talento e as forças.

3. O que mais? Dos discursos de Célio, certamente agradam aqueles, ou inteiros ou em parte, nos quais reconhecemos o brilho e a elevação dos nossos tempos.

4. Por sua vez, aquela imundície de palavras, a composição cheia de quebras e os sentidos sem base de sustentação cheiram à antiguidade; nem julgo poder existir alguém tão antiquado, que louve Célio naquelas partes em que é antigo.

5. Perdoemos, com plena consciência, a Caio César, uma vez que, por causa da grandiosidade de seus projetos e das ocupações políticas, realizara menos na eloquência do que o seu talento divino exigia. Assim também, por Hércules, deixemos Bruto à sua filosofia; com efeito, os seus admiradores confessam que, nos discursos, ele é inferior à sua fama:

6. a menos que, por acaso, alguém ainda leia, ou de César *Em favor de Décio Samnita* ou de Bruto *Em favor do rei Dejótaro* e outros livros de igual lentidão e frieza; a menos que ainda haja alguém que até mesmo admire os poemas deles. É certo que também fizeram poemas e os enviaram para as bibliotecas, não melhor que Cícero, mas mais afortunadamente, pois menos pessoas sabem que eles os fizeram.

7. Asínio, igualmente, embora tenha nascido em um tempo mais próximo, parece-me ter estudado entre os Menênios e Apros. Certamente imitou Pacúvio e Ácio não apenas nas tragédias, mas também em seus discursos, a tal ponto é duro e seco.

8. O discurso, por si próprio, como o corpo de um homem, somente é belo quando não lhe sobressaem as veias, nem se lhe podem numerar os ossos, mas quando

nec ossa numerantur, sed temperatus ac bonus sanguis implet membra et exsurgit toris ipsosque neruos rubor tegit et decor commendat.

9. Nolo Coruinum insequi, quia nec per ipsum stetit quo minus laetitiam nitoremque nostrorum temporum exprimeret, et uidemus in quantum iudicio eius uis aut animi aut ingenii suffecerit.

XXII. 1. Ad Ciceronem uenio, cui eadem pugna cum aequalibus suis fuit, quae mihi uobiscum est. Illi enim antiquos mirabantur, ipse suorum temporum eloquentiam anteponebat; nec ulla re magis eiusdem aetatis oratores praecurrit quam iudicio.

2. Primus enim excoluit orationem, primus et uerbis dilectum adhibuit et compositioni artem, locos quoque laetiores attentauit et quasdam sententias inuenit, utique in iis orationibus, quas senior iam et iuxta finem uitae composuit, id est, postquam magis profecerat usuque et experimentis didicerat quod optimum dicendi genus esset.

3. Nam priores eius orationes non carent uitiis antiquitatis: lentus est in principiis, longus in narrationibus, otiosus circa excessus; tarde commouetur, raro incalescit; pauci sensus apte et cum quodam lumine terminantur. Nihil excerpere, nihil referre possis, et uelut in rudi aedificio, firmus sane paries et duraturus, sed non satis expolitus et splendens.

um sangue saudável e na medida certa completa os membros e ressalta os músculos, e um rubor reveste os próprios nervos e a beleza neles prevalece.

9. Não quero atacar Corvino, pois não ficou estabelecido que ele serviria de modelo à expressão da alegria e do brilho dos nossos tempos, mas vemos em que medida a força, do ânimo ou do talento próprio, favorecera ao seu juízo crítico.

XXII. 1. Passo agora a Cícero, que teve com seus contemporâneos a mesma luta que tenho convosco. Aqueles, de fato, admiravam os antigos, mas o próprio Cícero antepunha a eloquência de seu tempo à dos demais e, é certo, acima de tudo ultrapassou os oradores da sua geração no juízo crítico.

2. Em verdade, foi o primeiro que refinou o discurso, o primeiro que conferiu deleite às palavras e técnica à composição. Tentou também passagens mais carregadas de sentido e chegou a determinadas fórmulas de sentenças, principalmente naqueles discursos que compôs então mais velho e próximo do fim da vida, isto é, depois que já avançara muito e tanto pelo uso, quanto pelas experiências, aprendera qual gênero de oratória era o melhor.

3. Com efeito, os seus primeiros discursos não carecem dos vícios da antiguidade: é lento nos exórdios, longo nas narrações, vazio em torno da conclusão; comove-se tardiamente; raramente se aquece, poucos sentidos são terminados de forma adequada e com certa luminosidade. Nada se pode tomar como citação, nada se pode fazer de referência e, como em um edifício rude, as paredes são verdadeiramente firmes e hão de durar, mas não suficientemente lisas e brilhantes.

4. Ego autem oratorem, sicut locupletem ac lautum patrem familiae, non eo tantum uolo tecto tegi quod imbrem ac uentum arceat, sed etiam quod uisum et oculos delectet; non ea solum instrui supellectile quae necessariis usibus sufficiat, sed sit in apparatu eius et aurum et gemmae, ut sumere in manus et aspicere saepius libeat.

5. Quaedam uero procul arceantur ut iam oblitterata et olentia: nullum sit uerbum uelut rubigine infectum, nulli sensus tarda et inerti structura in morem annalium componantur; fugitet foedam et insulsam scurrilitatem, uariet compositionem, nec omnis clausulas uno et eodem modo determinet.

XXIII. 1. Nolo inridere "rotam Fortunae" et "ius uerrinum" et illud tertio quoque sensu in omnibus orationibus pro sententia positum "esse uideatur." nam et haec inuitus rettuli et plura omisi, quae tamen sola mirantur atque exprimunt ii, qui se antiquos oratores uocitant.

2. Neminem nominabo, genus hominum significasse contentus; sed uobis utique uersantur ante oculos isti, qui Lucilium pro Horatio et Lucretium pro Virgilio legunt, quibus eloquentia Aufidii Bassi aut Seruilii Noniani ex comparatione Sisennae aut Varronis sordet, qui rhetorum nostrorum commentarios fastidiunt, oderunt, Calui mirantur.

4. Quanto a mim, quero que o orador, como um pai de família opulento e elegante, não apenas viva coberto por um teto que impeça a tempestade e o vento, mas também que sua casa deleite a vista e os olhos; que não seja somente servido de mobílias que se limitam aos usos triviais, mas que no aparador haja tanto ouro quanto pedras preciosas, a fim de que muito frequentemente seja prazeroso segurá-los na mão e observá-los.

5. Sejam, de fato, certas coisas afastadas para longe, como já esquecidas e cheirando a mofo: que não haja palavra alguma como que infectada pela ferrugem; frase nenhuma seja composta com estrutura arrastada e sem energia, à forma dos anais; é dever fugir da palhaçada repugnante e insossa, que se varie a composição, e não se terminem todas as cláusulas de um modo único e mesmo.

XXIII. 1. Não quero zombar da "roda da Fortuna"[76] e do "direito de Verres",[77] nem daquele "que pareça ser", imposto a todos os discursos, no final da sentença a cada três frases. Com efeito, contrariado relatei essas e omiti muitas coisas, as quais, a elas somente admiram e as exprimem aqueles que reiteradamente se nomeiam oradores antigos.

2. Não citarei nenhum nome; satisfaço-me em ter representado um gênero de homens. No entanto, é como se se apresentassem diante dos vossos olhos esses que leem Lucílio em lugar de Horácio, e Lucrécio em lugar de Virgílio. Para eles, a eloquência de Aufídio Basso[78] ou de Servílio Noniano[79] é imundície, se comparada com a de Sisena[80] ou a de Varrão,[81] e se enfastiam dos comentários de nossos retores e os odeiam, mas se admiram de Calvo.

3. Quos more prisco apud iudicem fabulantis non auditores sequuntur, non populus audit, uix denique litigator perpetitur: adeo maesti et inculti illam ipsam, quam iactant, sanitatem non firmitate, sed ieiunio consequuntur.

4. Porro ne in corpore quidem ualetudinem medici probant quae animi anxietate contingit; parum est aegrum non esse: fortem et laetum et alacrem uolo. prope abest ab infirmitate, in quo sola sanitas laudatur.

5. Vos uero, [uiri] disertissimi, ut potestis, ut facitis, inlustrate saeculum nostrum pulcherrimo genere dicendi. Nam et te, Messalla, uideo laetissima quaeque antiquorum imitantem, et uos, Materne ac Secunde, ita grauitati sensuum nitorem et cultum uerborum miscetis, ea electio inuentionis, is ordo rerum, ea, quotiens causa poscit, ubertas, ea, quotiens permittit, breuitas, is compositionis decor, ea sententiarum planitas est, sic exprimitis adfectus, sic libertatem temperatis, ut etiam si nostra iudicia malignitas et inuidia tardauerit, uerum de uobis dicturi sint posteri nostri."

XXIV. 1. Quae cum Aper dixisset, "adgnoscitisne" inquit Maternus "uim et ardorem Apri nostri? Quo torrente, quo impetu saeculum nostrum defendit! Quam copiose ac uarie uexauit antiquos! Quanto non solum ingenio ac spiritu, sed etiam eruditione et arte ab ipsis mutuatus est per quae mox ipsos incesseret! Tuum tamen, Messalla, promissum immutasse non debet.

3. Os ouvintes não acompanham quando eles estão falando à moda antiga junto ao juiz. O povo não escuta e, com custo, o litigante aguenta até o fim: são a tal ponto doentios e incultos, que conseguem aquela mesma saúde de que se dizem orgulhar, não pela firmeza, mas pelo jejum.

4. Além do mais, nem de fato os médicos aprovam no corpo a saúde que se atinge por ansiedade do espírito; não estar doente é pouco: mas quero estar forte, bem nutrido e alegre. Não está muito longe da doença aquele em quem se elogia a saúde somente.

5. Em verdade, vós, ó homens os mais eloquentes, da forma como sois capazes e costumais fazer, ilustrai o nosso século com o mais belo gênero de eloquência. Com efeito, vejo-te, Messala, imitador do que há de mais produtivo nos antigos; quanto a vós, Materno e Segundo, de tal modo misturais à seriedade o brilho dos sentidos e o ornamento das palavras; tais são os critérios da invenção, tal a ordenação das ideias, tal a fecundidade – todas as vezes que a causa exige –, tal a brevidade – todas as vezes que permite –, tal o decoro da composição, tal a simplicidade das sentenças, de tal modo exprimis as disposições de espírito e moderais a liberdade, que mesmo que a maldade e a inveja nos tenham retardado os juízos, os nossos pósteros hão de dizer a verdade sobre vós."

XXIV. 1. Assim que Áper acabou de dizer tais coisas, perguntou Materno: "Reconheceis a força e o ardor de nosso Áper? Com que torrente, com que ímpeto defendeu o nosso tempo! Quão copiosa e variadamente desqualificou os antigos! Como, não apenas pelo talento e pelo espírito, mas também pela erudição e pela arte, tomou de empréstimo deles próprios as armas por meio das quais contra eles logo avançaria! Todavia, não é conveniente haver mudado, ó Messala, a tua promessa,

2. Neque enim defensorem antiquorum exigimus, nec quemquam nostrum, quamquam modo laudati sumus, iis quos insectatus est Aper comparamus. Ac ne ipse quidem ita sentit, sed more uetere et a nostris philosophis saepe celebrato sumpsit sibi contra dicendi partis.

3. Igitur exprime nobis non laudationem antiquorum (satis enim illos fama sua laudat), sed causas cur in tantum ab eloquentia eorum recesserimus, cum praesertim centum et uiginti annos ab interitu Ciceronis in hunc diem effici ratio temporum collegerit."

XXV. 1. Tum Messalla: "sequar praescriptam a te, Materne, formam; neque enim diu contra dicendum est Apro, qui primum, ut opinor, nominis controuersiam mouit, tamquam parum proprie antiqui uocarentur, quos satis constat ante centum annos fuisse.

2. Mihi autem de uocabulo pugna non est; siue illos antiquos siue maiores siue quo alio mauult nomine appellet, dum modo in confesso sit eminentiorem illorum temporum eloquentiam fuisse; ne illi quidem parti sermonis eius repugno, si comminus fatetur pluris formas dicendi etiam isdem saeculis, nedum diuersis extitisse.

3. Sed quo modo inter Atticos oratores primae Demostheni tribuuntur, proximum [autem] locum Aeschines et Hyperides et Lysias et Lycurgus obtinent, omnium autem concessu haec oratorum aetas maxime probatur, sic apud nos Cicero quidem ceteros eorundem temporum

2. Em verdade, nem exigimos um defensor dos antigos, nem comparamos algum dos nossos, embora há pouco tenhamos sido louvados, àqueles a quem Áper atacou. Entretanto, nem sequer ele próprio pensa assim, mas, por um costume antigo frequentemente praticado por nossos filósofos, assumiu a posição de falar em contrário.

3. Portanto, expõe-nos não o elogio dos antigos (de fato a própria fama os louva bastante), mas as causas por que nos tenhamos retrocedido tanto da eloquência deles, uma vez que o cálculo dos tempos resultou em cento e vinte anos completos, desde a morte de Cícero até hoje."

XXV. 1. Então, Messala diz: "Seguirei a fórmula prescrita por ti, ó Materno, pois não há que retrucar a Áper longamente, o qual, conforme julgo, por primeiro levantou questionamento quanto à palavra, como se pouco apropriadamente fossem chamados antigos aqueles sobre os quais há fundada certeza de que viveram há cem anos.

2. Para mim, no entanto, não há discussão sobre o vocábulo: que Áper os chame de antigos, ou de antepassados, ou por qualquer outro nome que prefira, contanto que esteja evidente a eloquência daqueles tempos ter sido mais eminente! De fato, não me oponho àquela parte do discurso dele, se de pronto ele mesmo reconhecer que muitas formas de eloquência existiram até em um mesmo século, com mais razão ainda, em séculos distintos.

3. Mas, do mesmo modo que, entre os oradores áticos, a Demóstenes é atribuída a primazia, enquanto Ésquino, Hipérides, Lísias e Licurgo obtêm o segundo lugar, e, pelo consenso de todos, essa geração de oradores é maximamente digna de aprovação, assim, no que diz respeito a nós, Cícero certamente precedeu todos os

disertos antecessit, Caluus autem et Asinius et Caesar et Caelius et Brutus iure et prioribus et sequentibus anteponuntur.

4. Nec refert quod inter se specie differunt, cum genere consentiant. Adstrictior Caluus, numerosior Asinius, splendidior Caesar, amarior Caelius, grauior Brutus, uehementior et plenior et ualentior Cicero: omnes tamen eandem sanitatem eloquentiae [prae se] ferunt, ut si omnium pariter libros in manum sumpseris, scias, quamuis in diuersis ingeniis, esse quandam iudicii ac uoluntatis similitudinem et cognationem.

5. Nam quod inuicem se obtrectauerunt (et sunt aliqua epistulis eorum inserta, ex quibus mutua malignitas detegitur), non est oratorum uitium, sed hominum.

6. Nam et Caluum et Asinium et ipsum Ciceronem credo solitos et inuidere et liuere et ceteris humanae infirmitatis uitiis adfici: solum inter hos arbitror Brutum non malignitate nec inuidia, sed simpliciter et ingenue iudicium animi sui detexisse.

7. An ille Ciceroni inuideret, qui mihi uidetur ne Caesari quidem inuidisse? Quod ad Seruium Galbam et C. Laelium attinet, et si quos alios antiquiorum agitare non destitit, non exigit defensorem, cum fatear quaedam eloquentiae eorum ut nascenti adhuc nec satis adultae defuisse.

XXVI. 1. Ceterum si omisso optimo illo et perfectissimo genere eloquentiae eligenda

outros eloquentes do seu tempo, e Calvo, Asínio, César, Célio e Bruto, por direito, se antepõem tanto aos anteriores, quanto aos oradores que lhes seguem.

4. Nem importa que eles se diferenciem pela espécie, uma vez que pareçam estar de acordo pelo gênero. Mais conciso Calvo, mais rítmico Asínio, mais brilhante César, mais mordaz Célio, mais grave Bruto, mais veemente, mais fecundo e mais vigoroso é Cícero. No entanto, todos trazem em destaque a mesma sanidade da eloquência, de modo que é possível saber, se se tiver tomado em mãos igualmente os livros de todos, que há, embora em talentos diversos, certa semelhança e afinidade de juízo e de vontade.

5. Quanto ao fato de que se caluniaram reciprocamente (existem, mesmo, algumas coisas inseridas nas cartas deles, em relação às quais a mútua maldade é posta a descoberto), isso não é vício de oradores, mas de homens.

6. Com efeito, creio tanto Calvo, quanto Asínio e o próprio Cícero terem costumeiramente invejado, terem ficado lívidos de inveja e terem sido afetados pelos demais vícios da fraqueza humana. Entre esses, julgo que somente Bruto, não pela maldade, nem pela inveja, mas com simplicidade e com sinceridade, pôs a descoberto o juízo de sua índole.

7. Acaso invejaria a Cícero aquele que nem mesmo a César me parece ter invejado? No que concerne a Sérvio Galba[82] e Caio Lélio,[83] e ainda a outros dos antigos que Áper não cessa de perseguir, não há necessidade de defensor, uma vez que eu reconheço terem faltado algumas coisas à eloquência deles, uma eloquência como que nascente e não suficientemente adulta.

XXVI. 1. Além de tudo isso, se, posto à parte aquele ótimo e pleníssimo gênero da eloquência, for preciso es-

sit forma dicendi, malim hercule C. Gracchi
impetum aut L. Crassi maturitatem quam cala-
mistros Maecenatis aut tinnitus Gallionis: adeo
melius est orationem uel hirta toga induere
quam fucatis et meretriciis uestibus insignire.

2. Neque enim oratorius iste, immo hercule
ne uirilis quidem cultus est, quo plerique temporum nostrorum actores ita utuntur, ut lasciuia
uerborum et leuitate sententiarum et licentia
compositionis histrionalis modos exprimant.

3. Quodque uix auditu fas esse debeat, laudis
et gloriae et ingenii loco plerique iactant cantari
saltarique commentarios suos. unde oritur illa
foeda et praepostera, sed tamen frequens [sicut
his clam et] exclamatio, ut oratores nostri tenere
dicere, histriones diserte saltare dicantur.

4. Equidem non negauerim Cassium Seue-
rum, quem solum Aper noster nominare ausus
est, si iis comparetur, qui postea fuerunt, posse
oratorem uocari, quamquam in magna parte librorum suorum plus bilis habeat quam sanguinis.

5. Primus enim contempto ordine rerum,
omissa modestia ac pudore uerborum, ipsis etiam
quibus utitur armis incompositus et studio ferien-
di plerumque deiectus, non pugnat, sed rixatur.

6. Ceterum, ut dixi, sequentibus comparatus
et uarietate eruditionis et lepore urbanitatis et
ipsarum uirium robore multum ceteros superat,
quorum neminem Aper nominare et uelut in
aciem educere sustinuit.

colher uma forma de falar, por Hércules, eu preferiria o ímpeto de Graco[84] ou a maturidade de Crasso[85] ao estilo empolado de Mecenas ou à chiadeira de Galeão,[86] pois é melhor vestir o discurso com uma toga de tecido grosseiro do que destacá-lo com vestes vermelhas e de meretriz.

2. Com efeito, por Hércules, não é no fundo muito viril essa forma de oratória, a mesma de que os atores dos nossos tempos em sua maioria se utilizam; assim passam a impressão de música histriônica pela lascívia das palavras, pela banalidade das sentenças e pela permissividade da composição.

3. E há aquilo que nem mesmo deveria ser permitido ouvir: a maioria ufana-se, como reconhecimento de louvor, de glória e de talento, do fato de seus discursos poderem ser até cantados e dançados. Daí se origina aquela repugnante e desproposidada exclamação, todavia frequente, de que nossos oradores discursam delicadamente, e os histriões dançam eloquentemente.

4. Evidentemente, eu não poderia negar que Cássio Severo[87] – o único que o nosso Áper ousou designar – se comparado àqueles que existiram depois, pode ser chamado orador, ainda que na grande parte de seus livros ele tenha mais de bile do que de sangue.

5. Em verdade, sendo o primeiro que, desprezada a ordenação dos assuntos e afastada a modéstia e o pudor das palavras, desorganizado até mesmo nas próprias armas de que se utiliza, e muitas vezes inclinado ao gosto de ferir, ele não luta, mas briga.

6. Ademais, como eu disse, comparado aos que vieram em seguida, tanto pela variedade da erudição quanto pela elegância da civilidade e ainda pelo vigor das próprias forças, Severo em muito superou os restantes, dentre os quais Áper não teve o sofrimento de nomear nenhum e, por assim dizer, de conduzir para a linha da frente do combate.

7. Ego autem exspectabam, ut incusato Asinio et Caelio et Caluo aliud nobis agmen produceret, plurisque uel certe totidem nominaret, ex quibus alium Ciceroni, alium Caesari, singulis deinde singulos opponeremus.

8. Nunc detrectasse nominatim antiquos oratores contentus neminem sequentium laudare ausus est nisi in publicum et in commune, ueritus credo, ne multos offenderet, si paucos excerpsisset.

9. Quotus enim quisque scholasticorum non hac sua persuasione fruitur, ut se ante Ciceronem numeret, sed plane post Gabinianum? At ego non uerebor nominare singulos, quo facilius propositis exemplis appareat, quibus gradibus fracta sit et deminuta eloquentia.

XXVII. 1. "At parce" inquit Maternus "et potius exsolue promissum. Neque enim hoc colligi desideramus, disertiores esse antiquos, quod apud me quidem in confesso est, sed causas exquirimus, quas te solitum tractare [dixisti], paulo ante plane mitior et eloquentiae temporum nostrorum minus iratus, antequam te Aper offenderet maiores tuos lacessendo."

2. "Non sum" inquit "offensus Apri mei disputatione, nec uos offendi decebit, si quid forte auris uestras perstringat, cum sciatis hanc esse eius modi sermonum legem, iudicium animi citra damnum adfectus proferre."

7. Eu, porém, esperava que, acusados Asínio,[88] Célio[89] e Calvo,[90] nos apresentasse outro esquadrão ou nomeasse mais alguns, ou pelo menos outros tantos, dos quais poderíamos opor um a Cícero, outro a César, e, sucessivamente, uns aos outros, cada um por sua vez.

8. Agora, satisfeito em ter rejeitado nominalmente os oradores antigos, não ousou elogiar nenhum dos seguintes, senão em grupo e na sua generalidade, acredito que receoso de ofender a muitos, se destacasse uns poucos.

9. Com efeito, quantos dos declamadores se servem da própria persuasão, de tal modo a se enumerarem à frente de Cícero, mas claramente atrás de Gabiniano?[91] Mas eu não temerei nomear um por um, para que, apresentados os exemplos, mais facilmente apareça por quais passos a eloquência tenha-se quebrado e diminuído".

XXVII. 1. "Mas não sejas dispersivo", diz Materno, "e, antes de mais nada, cumpre o que foi prometido. Com efeito, não desejamos chegar à conclusão de serem os antigos mais eloquentes; o que, para mim, sem dúvida está evidente, mas investigamos as causas disso, e tu próprio disseste ter o costume de tratar com frequência desse assunto. Há pouco, no entanto, estavas visivelmente mais doce e menos irado com a eloquência de nossos tempos, mas isso antes que Áper te ofendesse ao atacar os teus antepassados."

2. "Não fui ofendido", diz, "pela discussão de meu Áper, nem convirá quem vos ofendais, se algo por acaso ferir vossos ouvidos. Sabeis que existe esta regra neste tipo de conversação: exibir a opinião do ânimo sem o prejuízo do afeto".

3. "Perge" inquit Maternus "et cum de antiquis loquaris, utere antiqua libertate, a qua uel magis degenerauimus quam ab eloquentia."

XXVIII. 1. Et Messalla "non reconditas, Materne, causas requiris, nec aut tibi ipsi aut huic Secundo uel huic Apro ignotas, etiam si mihi partis adsignatis proferendi in medium quae omnes sentimus.

2. Quis enim ignorat et eloquentiam et ceteras artis desciuisse ab illa uetere gloria non inopia hominum, sed desidia iuuentutis et neglegentia parentum et inscientia praecipientium et obliuione moris antiqui? Quae mala primum in urbe nata, mox per Italiam fusa, iam in prouincias manant.

3. Quamquam uestra uobis notiora sunt: ego de urbe et his propriis ac uernaculis uitiis loquar, quae natos statim excipiunt et per singulos aetatis gradus cumulantur, si prius de seueritate ac disciplina maiorum circa educandos formandosque liberos pauca praedixero.

4. Nam pridem suus cuique filius, ex casta parente natus, non in cellula emptae nutricis, sed gremio ac sinu matris educabatur, cuius praecipua laus erat tueri domum et inseruire liberis.

5. Eligebatur autem maior aliqua natu propinqua, cuius probatis spectatisque moribus omnis eiusdem familiae suboles committeretur; coram qua neque dicere fas erat quod turpe dictu, neque facere quod inhonestum factu uideretur.

3. "Prossegue", diz Materno, "e uma vez que falas sobre os antigos, usa da antiga liberdade, em relação à qual nos degeneramos ainda mais do que na eloquência."

XXVIII. 1. E Messala: "Não estás a procurar, Materno, causas recônditas nem desconhecidas para ti próprio ou para Segundo ou Áper aqui presentes, mesmo que a mim agora me encarregueis do papel de revelar a público o que todos pensamos.

2. Quem de fato ignora que não apenas a eloquência como também as outras artes se afastaram daquela velha glória, não por falta de homens, mas pela indolência da juventude, pela negligência dos pais, pela ignorância dos preceptores e pelo esquecimento do costume antigo? Tais males, nascidos primeiro em Roma e logo difundidos pela Itália, já emanam para as províncias.

3. Aliás, de vós, vossas matérias são bastante bem conhecidas: eu falarei sobre Roma e os nossos vícios, os de casa, que nos acometem malnascidos e são acumulados ao longo de cada etapa da vida. Mas, antes, direi algumas poucas coisas a respeito da severidade e da disciplina dos antepassados quanto a como os filhos deviam ser educados e formados.

4. Outrora, com efeito, cada filho nascido de casta mãe era criado não em pequeno quarto de ama comprada, mas no regaço e no seio da mãe, cuja glória maior era cuidar da casa e servir aos filhos.

5. Elegia-se, por sua vez, alguma parenta mais velha, a cujos costumes experimentados e observados eram confiados todos os descendentes dessa família; diante dela não era permitido dizer o que parecesse torpe, nem fazer o que parecesse desonroso.

6. Ac non studia modo curasque, sed remissiones etiam lususque puerorum sanctitate quadam ac uerecundia temperabat. Sic Corneliam Gracchorum, sic Aureliam Caesaris, sic Atiam Augusti [matrem] praefuisse educationibus ac produxisse principes liberos accepimus.

7. Quae disciplina ac seueritas eo pertinebat, ut sincera et integra et in nullis prauitatibus detorta unius cuiusque natura toto statim pectore arriperet artis honestas, et siue ad rem militarem siue ad iuris scientiam siue ad eloquentiae studium inclinasset, id solum ageret, id uniuersum hauriret.

XXIX. 1. At nunc natus infans delegatur Graeculae alicui ancillae, cui adiungitur unus aut alter ex omnibus seruis, plerumque uilissimus nec cuiquam serio ministerio adcommodatus. Horum fabulis et erroribus uirides statim et rudes animi imbuuntur; nec quisquam in tota domo pensi habet, quid coram infante domino aut dicat aut faciat.

2. Quin etiam ipsi parentes non probitati neque modestiae paruulos adsuefaciunt, sed lasciuiae et dicacitati, per quae paulatim impudentia inrepit et sui alienique contemptus.

3. Iam uero propria et peculiaria huius urbis uitia paene in utero matris concipi mihi uidentur, histrionalis fauor et gladiatorum equorumque studia: quibus occupatus et obsessus animus quantulum loci bonis artibus relinquit? Quotum quemque inuenies qui domi quicquam

6. E não apenas os estudos e as obrigações, mas também os descansos e os divertimentos dos meninos ela regulava com certa integridade e pudor. Assim, ouvimos dizer que Cornélia esteve à frente da educação dos Gracos, Aurélia da de César, Ácia da de Augusto, e que todas elas criaram filhos de primeira grandeza.

7. Essa disciplina e severidade visavam a que a natureza de cada um, sincera, íntegra e não desviada por deformidades, imediatamente e de peito aberto se apropriasse dos conhecimentos honoráveis; se alguém fosse inclinado para a matéria militar, ou para a ciência do direito, ou para o estudo da eloquência, que de uma só coisa tratasse, que a assumisse por inteiro.

XXIX. 1. Mas agora, a criança recém-nascida é entregue a qualquer greguinha escrava, à qual se junta um ou outro dentre todos os escravos, na maior parte das vezes, o mais vil e inapto a qualquer ofício sério. Os ânimos imaturos e ingênuos são imediatamente imbuídos das histórias e dos descaminhos deles; ninguém há em toda a casa que se importe com o que se diz ou se faz diante do jovem patrão.

2. Ainda há mais: os próprios pais não acostumam os pequeninos à probidade nem à modéstia, mas à lascívia e à mordacidade, pelas quais, pouco a pouco, o atrevimento e o desprezo de si e do alheio se insinuam.

3. De fato, já quase me parecem serem concebidos no útero da mãe os vícios próprios e peculiares desta Cidade: o histrionismo e a paixão pelos gladiadores e corridas de cavalos. Assim ocupado e obcecado o ânimo, quão pouco espaço resta para as boas artes? Quantos e quem se encontrará que, em casa, fale de

aliud loquatur? Quos alios adulescentulorum sermones excipimus, si quando auditoria intrauimus?

4. Ne praeceptores quidem ullas crebriores cum auditoribus suis fabulas habent; colligunt enim discipulos non seueritate disciplinae nec ingenii experimento, sed ambitione salutationum et inlecebris adulationis.

XXX. 1. Transeo prima discentium elementa, in quibus et ipsis parum laboratur: nec in auctoribus cognoscendis nec in euoluenda antiquitate nec in notitiam uel rerum uel hominum uel temporum satis operae insumitur.

2. Sed expetuntur quos rhetoras uocant; quorum professio quando primum in hanc urbem introducta sit quamque nullam apud maiores nostros auctoritatem habuerit, statim dicturus referam necesse est animum ad eam disciplinam, qua usos esse eos oratores accepimus, quorum infinitus labor et cotidiana meditatio et in omni genere studiorum assiduae exercitationes ipsorum etiam continentur libris.

3. Notus est uobis utique Ciceronis liber, qui Brutus inscribitur, in cuius extrema parte (nam prior commemorationem ueterum oratorum habet) sua initia, suos gradus, suae eloquentiae uelut quandam educationem refert: se apud Q. Nucium ius ciuile didicisse, apud Philonem Academicum, apud Diodotum Stoicum omnis philosophiae partis penitus hausisse; neque iis doctoribus contentum, quorum ei copia in urbe contigerat,

outro assunto? Que outras conversas de adolescentes ouviremos toda vez que entrarmos nas salas de leitura?

4. Em verdade, nem mesmo os preceptores estabelecem com os seus ouvintes outras confabulações sérias, pois obtêm alunos que lhes chegam não pela severidade da disciplina, nem pela prova do talento, mas pela ambição dos cumprimentos e pelos atrativos da adulação.

XXX. 1. Passo aos primeiros elementos do aprendizado, nos quais, também neles próprios, pouco se trabalha. Não se emprega esforço suficiente, nem nos autores dignos de serem conhecidos, nem na antiguidade em sua evolução, nem no conhecer os fatos, a vida dos homens ou o correr dos tempos.

2. Mas são procurados uns tais que chamam retores. A respeito de quando essa profissão foi introduzida nesta Cidade e sobre a nula autoridade que teve junto aos ancestrais, haverei de dizer depois. É necessário que neste momento eu remeta o pensamento para aquele modelo de instrução do qual sabemos terem-se utilizado os oradores, em cujos livros estão contidos o infinito esforço e a prática cotidiana e ainda os assíduos exercícios em todo gênero de estudos.

3. Em todo caso, vos é conhecido o livro de Cícero, que foi denominado *Bruto*,[92] em cuja parte final (pois a primeira contém a menção dos antigos oradores) relata sua iniciação, seus passos e, por assim dizer, a formação de sua eloquência: ele próprio relata ter aprendido de Quinto Múcio[93] o direito civil; de Filão Acadêmico[94] e de Diódoto Estoico[95] ter profundamente absorvido todas as partes da filosofia; e, não satisfeito com aqueles mestres, com quem proveitosamente havia feito contatos em Roma, relata ter percorrido a

Achaiam quoque et Asiam peragrasse, ut omnem omnium artium uarietatem complecteretur.

4. Itaque hercule in libris Ciceronis deprehendere licet, non geometriae, non musicae, non grammaticae, non denique ullius ingenuae artis scientiam ei defuisse. Ille dialecticae subtilitatem, ille moralis partis utilitatem, ille rerum motus causasque cognouerat.

5. Ita est enim, optimi uiri, ita est: ex multa eruditione et plurimis artibus et omnium rerum scientia exundat et exuberat illa admirabilis eloquentia; neque orationis uis et facultas, sicut ceterarum rerum, angustis et breuibus terminis cluditur, sed is est orator, qui de omni quaestione pulchre et ornate et ad persuadendum apte dicere pro dignitate rerum, ad utilitatem temporum, cum uoluptate audientium possit.

XXXI. 1. Hoc sibi illi ueteres persuaserant, ad hoc efficiendum intellegebant opus esse, non ut in rhetorum scholis declamarent, nec ut fictis nec ullo modo ad ueritatem accedentibus controuersiis linguam modo et uocem exercerent, sed ut iis artibus pectus implerent, in quibus de bonis et malis, de honesto et turpi, de iusto et iniusto disputatur; haec enim est oratori subiecta ad dicendum materia.

2. Nam in iudiciis fere de aequitate, in deliberationibus [de utilitate, in laudationibus] de honestate disserimus, ita [tamen] ut plerumque haec ipsa in uicem misceantur: de

Acaia e igualmente a Ásia, a fim de abarcar toda a variedade de todas as artes.

4. Assim, por Hércules, é lícito depreender dos livros de Cícero não ter faltado a ele nem a ciência da geometria, nem a da música, nem a da gramática, nem qualquer das restantes artes liberais.[96] Ele conhecia a sutileza da dialética, a utilidade daquela parte da filosofia relativa à moral, o movimento e as causas dos fenômenos.

5. Assim é, de fato, ó ótimos homens! Exatamente assim acontece: a partir da muita erudição, das várias artes e do conhecimento de todas as coisas, aquela admirável eloquência transborda e se torna exuberante. A força e a faculdade do discurso, assim como a das demais coisas, não estão encerradas por limites estreitos e breves, mas é orador aquele que pode discorrer sobre qualquer assunto de modo belo, ornado e apto a persuadir em favor da dignidade dos temas, para a conveniência das circunstâncias e com o prazer dos ouvintes.

XXXI. 1. Aqueles mesmos antigos tiveram convicção disso e entendiam que, para alcançar o que lhes parecia eficiente, era preciso não que declamassem nas escolas de retores, nem que atormentassem apenas a língua ou a voz com controvérsias fingidas e de modo algum condizentes com a realidade, mas que preenchessem o pensamento com aquelas artes em que se debate sobre o bem e o mal, o honroso e o torpe, o justo e o injusto: essa que é, de fato, a matéria que se sujeita ao orador e à sua oratória.

2. Em verdade, nos tribunais, discursamos quase sempre sobre a equidade, nas assembleias deliberativas, sobre a utilidade, nos panegíricos, sobre a honradez,[97] de tal modo que esses próprios conceitos estejam, na maioria

quibus copiose et uarie et ornate nemo dicere
potest, nisi qui cognouit naturam humanam
et uim uirtutum prauitatemque uitiorum et
intellectum eorum, quae nec in uirtutibus nec
in uitiis numerantur.

3. Ex his fontibus etiam illa profluunt, ut
facilius iram iudicis uel instiget uel leniat, qui scit
quid ira, et promptius ad miserationem impellat,
qui scit quid sit misericordia et quibus animi
motibus concitetur.

4. In his artibus exercitationibusque uersatus
orator, siue apud infestos siue apud cupidos siue
apud inuidentis siue apud tristis siue apud timen-
tis dicendum habuerit, tenebit uenas animorum,
et prout cuiusque natura postulabit, adhibebit
manum et temperabit orationem, parato omni
instrumento et ad omnem usum reposito.

5. Sunt apud quos adstrictum et collectum et
singula statim argumenta concludens dicendi genus
plus fidei meretur: apud hos dedisse operam dialecticae proficiet. Alios fusa et aequalis et ex commu-
nibus ducta sensibus oratio magis delectat: ad hos
permouendos mutuabimur a Peripateticis aptos et
in omnem disputationem paratos iam locos.

6. Dabunt Academici pugnacitatem, Plato
altitudinem, Xenophon iucunditatem; ne Epicuri
quidem et Metrodori honestas quasdam excla-
mationes adsumere iisque, prout res poscit, uti
alienum erit oratori.

7. Neque enim sapientem informamus neque
Stoicorum comitem, sed eum qui quasdam artis

das vezes, alternadamente entremeados. A respeito deles, ninguém pode falar copiosa, variada e ornadamente, senão aquele que conhece tanto a natureza humana quanto o vigor das virtudes, a deformidade dos vícios e é capaz do entendimento daqueles afetos que nem entre as virtudes, nem entre os vícios possam ser enumerados.

3. É também dessas mesmas fontes que eflui em profusão tudo aquilo por meio de que mais facilmente instiga e alivia a ira aos juízos quem sabe o que é a ira; mais prontamente pode impelir à misericórdia quem sabe o que é a misericórdia e por quais movimentos de ânimo ela é suscitada.

4. O orador versado nessas artes e exercícios, seja entre juízes hostis, entre parciais, entre invejosos, entre austeros ou entre tementes, haverá de saber o que deve ser dito. Ele seduzirá a força vital dos ânimos e, conforme o que a natureza de cada um determinar, oferecerá a mão e organizará o discurso, estando todo o instrumental preparado e disponível para todo uso.

5. Existem aqueles que mais confiam num modelo de discurso amarrado, conciso e que encerra imediatamente cada um dos argumentos: em relação a esses, será útil haver trabalhado a dialética. A outros, mais deleita um discurso profuso, uniforme e conduzido a partir das percepções comuns: para serem comovidos esses, tomaremos emprestados aos peripatéticos[98] os lugares-comuns, adequados e já preparados para qualquer discussão.

6. Os acadêmicos darão a combatividade; Platão, a elevação; Xenofonte, o encanto; nem sequer será algo estranho ao orador tomar algumas das máximas de Epicuro e de Metrodoro[99] e usá-las conforme exija a matéria.

7. Em verdade, não estamos pretendendo formar um sábio nem um seguidor dos estoicos, mas aquele que

haurire, omnes libare debet. Ideoque et iuris ciuilis scientiam ueteres oratores comprehendebant, et grammatica musica geometria imbuebantur.

8. Incidunt enim causae, plurimae quidem ac paene omnes, quibus iuris notitia desideratur, pleraeque autem, in quibus haec quoque scientia requiritur.

XXXII. 1. Nec quisquam respondeat sufficere, ut ad tempus simplex quiddam et uniforme doceamur. primum enim aliter utimur propriis, aliter commodatis, longeque interesse manifestum est, possideat quis quae profert an mutuetur. deinde ipsa multarum artium scientia etiam aliud agentis nos ornat, atque ubi minime credas, eminet et excellit.

2. Idque non doctus modo et prudens auditor, sed etiam populus intellegit ac statim ita laude prosequitur, ut legitime studuisse, ut per omnis eloquentiae numeros isse, ut denique oratorem esse fateatur; quem non posse aliter existere nec extitisse umquam confirmo, nisi eum qui, tamquam in aciem omnibus armis instructus, sic in forum omnibus artibus armatus exierit.

3. Quod adeo neglegitur ab horum temporum disertis, ut in actionibus eorum huius quoque cotidiani sermonis foeda ac pudenda uitia deprehendantur; ut ignorent leges, non teneant senatus consulta, ius [huius] ciuitatis ultro

deve haurir certas artes e a todas experimentar. Por esse motivo, os antigos oradores dominavam tanto a ciência do direito civil quanto estavam imbuídos de gramática, de música e de geometria.

8. Com efeito, sobrevêm causas, certamente muitas, ou quase todas, em relação às quais o conhecimento do direito é necessário, e outras, por sua vez, em que são requeridos também aqueles outros saberes.

XXXII. 1. Que ninguém responda bastar, para cada situação, que sejamos instruídos com algo específico e único para o momento. Primeiro: usamos as coisas próprias de um modo e, de outro, as emprestadas, e é grande a diferença entre aquele que possui o que profere e o que o obtém por empréstimo. Depois: o próprio conhecimento de muitas artes nos orna, até mesmo quando fazemos outras coisas, e onde minimamente se poderia pensar, nos destaca e eleva.

2. E isso não apenas o ouvinte douto e previdente, mas também o povo entende e, imediatamente, o honra com tal elogio que o reconhece ter-se legitimamente dedicado aos estudos, ter passado por todos os estágios da eloquência, ser, de verdade, um orador. Confirmo que esse orador não pode existir, nem ter existido em tempo algum de outro lado, a não ser que ele, tal como alguém treinado em todas as armas para um combate, tenha-se encaminhado para o fórum armado de todas as ciências.

3. Isso a tal ponto é negligenciado pelos falastrões dos nossos tempos, que nas suas atuações se podem depreender os repugnantes e vergonhosos vícios da fala cotidiana; ignoram as leis, não observam os decretos do Senado, além de que zombam do sistema jurídico desta comunidade e sentem, em verdade, um profundo

derideant, sapientiae uero studium et praecepta prudentium penitus reformident.

4. In paucissimos sensus et angustas sententias detrudunt eloquentiam uelut expulsam regno suo, ut quae olim omnium artium domina pulcherrimo comitatu pectora implebat, nunc circumcisa et amputata, sine apparatu, sine honore, paene dixerim sine ingenuitate, quasi una ex sordidissimis artificiis discatur.

5. Ergo hanc primam et praecipuam causam arbitror, cur in tantum ab eloquentia antiquorum oratorum recesserimus. Si testes desiderantur, quos potiores nominabo quam apud Graecos Demosthenem, quem studiosissimum Platonis auditorem fuisse memoriae proditum est?

6. Et Cicero his, ut opinor, uerbis refert, quidquid in eloquentia effecerit, id se non rhetorum, sed Academiae spatiis consecutum.

7. Sunt aliae causae, magnae et graues, quas uobis aperiri aequum est, quoniam quidem ego iam meum munus explebi, et quod mihi in consuetudine est, satis multos offendi, quos, si forte haec audierint, certum habeo dicturos me, dum iuris et philosophiae scientiam tamquam oratori necessariam laudo, ineptiis meis plausisse."

XXXIII. 1. Et Maternus "mihi quidem" inquit "susceptum a te munus adeo peregisse nondum uideris, ut incohasse tantum et uelut uestigia ac liniamenta quaedam ostendisse uidearis.

temor em relação ao estudo da sabedoria e aos preceitos dos sábios.[100]

4. Eles empurram a eloquência para pouquíssimas frases e estreitas sentenças, como se fora expulsa de seu reino. Assim, a outrora dona de todas as artes, a que enchia os peitos, sendo o seu cortejo o mais belo, agora, reduzida e amputada, sem aparato, sem honra e, quase o diria, sem a condição de liberdade, é aprendida como se fosse um dos mais desprezíveis ofícios.

5. Portanto, julgo ser essa a primeira e principal causa por que em tanto nos tenhamos afastado da eloquência dos antigos oradores. Se são requisitadas testemunhas, quais nomearei melhores que Demóstenes entre os gregos? Ele revelou à história ter sido o mais dedicado ouvinte de Platão.

6. E Cícero, como penso, afirma com estas palavras que tudo o que havia realizado na eloquência, ele próprio alcançou "não através das escolas dos retores, mas nos jardins da Academia".[101]

7. Existem outras causas, grandiosas e graves, que é justo serem apresentadas a vós. Quanto a mim, eu mesmo já completei a minha incumbência e, como é meu costume, ofendi bastante a muitos, os quais, se por ventura tiverem ouvido essas coisas, tenho por certo que haverão de dizer que eu, enquanto me ponho a elogiar o saber do direito e da filosofia como necessário ao orador, o que fiz foi aplaudir minhas tolices".

XXXIII. 1. E Materno diz: "Em verdade, parece-me não teres até agora completado a tarefa assumida por ti. Assim, dás a impressão de apenas teres começado e de nos teres apresentado como que certos vestígios e esboços.

2. Nam quibus [artibus] instrui ueteres oratores soliti sint, dixisti differentiamque nostrae desidiae et inscientiae aduersus acerrima et fecundissima eorum studia demonstrasti: cetera exspecto, ut quem ad modum ex te didici, quid aut illi scierint aut nos nesciamus, ita hoc quoque cognoscam, quibus exercitationibus iuuenes iam et forum ingressuri confirmare et alere ingenia sua soliti sint.

3. Neque enim solum arte et scientia, sed longe magis facultate et [usu] eloquentiam contineri, nec tu puto abnues et hi significare uultu uidentur."

4. Deinde cum Aper quoque et Secundus idem adnuissent, Messalla quasi rursus incipiens: "quoniam initia et semina ueteris eloquentiae satis demonstrasse uideor, docendo quibus artibus antiqui oratores institui erudirique soliti sint, persequar nunc exercitationes eorum.

5. Quamquam ipsis artibus inest exercitatio, nec quisquam percipere tot tam reconditas tam uarias res potest, nisi ut scientiae meditatio, meditationi facultas, facultati usus eloquentiae accedat. per quae colligitur eandem esse rationem et percipiendi quae proferas et proferendi quae perceperis.

6. Sed si cui obscuriora haec uidentur isque scientiam ab exercitatione separat, illud certe concedet, instructum et plenum his artibus animum longe paratiorem ad eas exercitationes uenturum, quae propriae esse oratorum uidentur.

2. Com efeito, disseste em quais artes os antigos oradores se habituaram a ser instruídos e demonstraste a diferença de nossa indolência e desconhecimento em oposição aos agudíssimos e fecundíssimos estudos deles. Espero o restante: do mesmo modo que de ti aprendi aquilo que, ou eles tenham sabido, ou nós desconhecemos, também gostaria de saber através de quais exercícios os jovens prontos para o fórum costumavam afirmar e nutrir seus talentos.

3. Julgo que não negarás, e os que se encontram presentes aqui parecem indicá-lo pelo semblante: a eloquência não consiste apenas de técnica e de conhecimento,[102] porém, muito mais, de capacidade de fazer[103] e de contínua prática".[104]

4. Em seguida, tendo Áper e também o próprio Segundo anuído, Messala, como se estivesse mais uma vez começando, disse: "Porque me parece já haver suficientemente demonstrado os princípios e as sementes da antiga eloquência, ao ensinar em quais artes os antigos oradores tenham-se habituado a se instruir e formar, tratarei agora dos exercícios deles.

5. Ainda que o exercício seja inerente à própria técnica, ninguém pode aprender tantas coisas tão recônditas e tão variadas sem que a meditação esteja aliada ao conhecimento, a capacidade à meditação, e o desempenho da eloquência à capacidade. Por tais evidências, conclui-se ser idêntico o procedimento metodológico, tanto se trate de aprender o que se vai dizer, quanto de dizer o que se tenha aprendido.

6. Mas se a alguém essas coisas parecem muito obscuras, e tal pessoa põe em separado conhecimento e prática, pelo menos haverá concordância no fato de que um espírito instruído e pleno dessas artes em muito haverá de vir mais preparado para aquelas práticas que parecem ser próprias de oradores.

XXXIV. 1. Ergo apud maiores nostros iuuenis ille, qui foro et eloquentiae parabatur, imbutus iam domestica disciplina, refertus honestis studiis deducebatur a patre uel a propinquis ad eum oratorem, qui principem in ciuitate locum obtinebat.

2. Hunc sectari, hunc prosequi, huius omnibus dictionibus interesse siue in iudiciis siue in contionibus adsuescebat, ita ut altercationes quoque exciperet et iurgiis interesset utque sic dixerim, pugnare in proelio disceret.

3. Magnus ex hoc usus, multum constantiae, plurimum iudicii iuuenibus statim contingebat, in media luce studentibus atque inter ipsa discrimina, ubi nemo inpune stulte aliquid aut contrarie dicit, quo minus et iudex respuat et aduersarius exprobret, ipsi denique aduocati aspernentur.

4. Igitur uera statim et incorrupta eloquentia imbuebantur; et quamquam unum sequerentur, tamen omnis eiusdem aetatis patronos in plurimis et causis et iudiciis cognoscebant; habebantque ipsius populi diuersissimarum aurium copiam, ex qua facile deprehenderent, quid in quoque uel probaretur uel displiceret.

5. Ita nec praeceptor deerat, optimus quidem et electissimus, qui faciem eloquentiae, non imaginem praestaret, nec aduersarii et aemuli ferro, non rudibus dimicantes, nec auditorium semper plenum, semper nouum, ex inuidis et fauentibus, ut nec bene [nec male] dicta dissimularentur.

XXXIV. 1. Desse modo, entre nossos antepassados, o jovem que se preparava para o fórum e para a eloquência, já imbuído da instrução doméstica e abastecido dos estudos sérios, era conduzido pelo pai ou pelos familiares até o orador que tinha a reputação mais destacada na comunidade.

2. Esse jovem costumava segui-lo, acompanhá-lo, estar presente a seus pronunciamentos, seja nos tribunais, seja nas assembleias públicas, de tal modo que também assistisse aos debates judiciários e presenciasse as querelas, para que, assim eu o diria, na própria batalha aprendesse a lutar.

3. A partir disso, grande experiência prática, muito de segurança e muito de juízo crítico logo qualificavam esses jovens, que se aplicavam à luz do dia, no correr das ações, quando ninguém impunemente diz algo de modo estulto ou inadequado, sem que o juiz recuse, o adversário censure ou, enfim, que os próprios advogados menosprezem.

4. Assim, estavam logo imbuídos da verdadeira e incorrupta eloquência; e, ainda que seguissem a um único, acabavam por conhecer, nas muitas causas e julgamentos, todos os advogados de seu tempo; e se punham em contato com uma grande quantidade de ouvintes do próprio povo, os mais variados, dos quais com facilidade pudessem depreender aquilo que, em cada um, fosse aprovado ou desagradasse.

5. Assim, não faltava um preceptor, o melhor em verdade, muitíssimo bem escolhido, que lhes mostrasse a face da eloquência, não a imagem; nem faltavam adversários e rivais que lutam com espada, não com pedaços de pau; nem um público sempre pleno, sempre novo, de invejosos e de partidários, de tal modo que não passassem despercebidos nem os ditos bem formulados nem os mal formulados.

Scitis enim magnam illam et duraturam eloquentiae famam non minus in diuersis subselliis parari quam suis; inde quin immo constantius surgere, ibi fidelius corroborari.

6. Atque hercule sub eius modi praeceptoribus iuuenis ille, de quo loquimur, oratorum discipulus, fori auditor, sectator iudiciorum, eruditus et adsuefactus alienis experimentis, cui cotidie audienti notae leges, non noui iudicum uultus, frequens in oculis consuetudo contionum, saepe cognitae populi aures, siue accusationem susceperat siue defensionem, solus statim et unus cuicumque causae par erat.

7. Nono decimo aetatis anno L. Crassus C. Carbonem, uno et uicensimo Caesar Dolabellam, altero et uicensimo Asinius Pollio C. Catonem, non multum aetate antecedens Caluus Vatinium iis orationibus insecuti sunt, quas hodieque cum admiratione legimus.

XXXV. 1. At nunc adulescentuli nostri deducuntur in scholas istorum, qui rhetores uocantur, quos paulo ante Ciceronis tempora extitisse nec placuisse maioribus nostris ex eo manifestum est, quod a Crasso et Domitio censoribus claudere, ut ait Cicero, "ludum impudentiae" iussi sunt.

2. Sed ut dicere instituearm, deducuntur in scholas, [in] quibus non facile dixerim utrumne locus ipse an condiscipuli an genus studiorum plus mali ingeniis adferant.

Sabeis, com efeito, que aquela grande e duradoura fama da eloquência se constrói não menos nos bancos dos adversários do que nos próprios; além disso, ela surge lá mais constante, é lá que se fortifica mais vigorosamente confiável.

6. E, por Hércules, aquele jovem sobre o qual falamos, sob preceptores de gabarito, discípulo de oradores, ouvinte do fórum, assíduo nos julgamentos, conhecedor e habituado aos experimentos alheios; desse jovem, enquanto ouvinte diário, todas as leis são conhecidas, não estranhos lhe são os semblantes dos juízes, nos seus olhos já estavam gravados os hábitos das assembleias; muitas vezes, conhecedor dos ouvidos do povo, se esse jovem assumisse uma acusação, ou uma defesa, sozinho e sem auxílio, logo estaria à altura de qualquer causa.

7. Aos dezoito anos de idade, Lúcio Crasso atacou a Gaio Carbono; aos vinte, César a Dolabela; aos vinte e um, Asínio Polião a Gaio Catão; e não muito anterior em idade, Calvo perseguiu a Vatínio: todos eles por meio de discursos, os quais lemos hoje com admiração.

XXXV. 1. Mas agora, os nossos jovenzinhos são conduzidos para a escola desses que se chamam retores. Eles um pouco antes dos tempos de Cícero, isto é certo, existiram e não agradaram aos nossos antepassados, de tal modo que, pelos censores Crasso e Domício,[105] foram ordenados a fechar, como afirma Cícero, "a escola de descaramento".

2. Então, como eu havia começado a dizer, os jovens são conduzidos para essas escolas, em relação às quais eu não poderia dizer com facilidade se o próprio ambiente físico, se os condiscípulos ou se o tipo de estudos é o que traz mais malefícios à inteligência.

3. Nam in loco nihil reuerentiae est, in quem nemo nisi aeque imperitus intrat; in condiscipulis nihil profectus, cum pueri inter pueros et adulescentuli inter adulescentulos pari securitate et dicant et audiantur; ipsae uero exercitationes magna ex parte contrariae.

4. Nempe enim duo genera materiarum apud rhetoras tractantur, suasoriae et controuersiae. Ex his suasoriae quidem etsi tamquam plane leuiores et minus prudentiae exigentes pueris delegantur, controuersiae robustioribus adsignantur, — quales, per fidem, et quam incredibiliter compositae! sequitur autem, ut materiae abhorrenti a ueritate declamatio quoque adhibeatur.

5. Sic fit ut tyrannicidarum praemia aut uitiatarum electiones aut pestilentiae remedia aut incesta matrum aut quidquid in schola cotidie agitur, in foro uel raro uel numquam, ingentibus uerbis persequantur: cum ad ueros iudices uentum . . .

XXXVI . 1. . . . rem cogitare; nihil humile, nihil abiectum eloqui poterat. Magna eloquentia, sicut flamma, materia alitur et motibus excitatur et urendo clarescit. Eadem ratio in nostra quoque ciuitate antiquorum eloquentiam prouexit.

2. Nam etsi horum quoque temporum oratores ea consecuti sunt, quae composita et quieta et beata re publica tribui fas erat, tamen

3. Num lugar assim, onde não entra ninguém, a não ser o completamente ignorante, nada de reverência existe. No que diz respeito aos condiscípulos, nada de proveitoso se pode ter deles, uma vez que crianças entre crianças e adolescentes entre adolescentes tanto dizem quanto são ouvidos com equivalente falta de cuidado; os próprios exercícios, em verdade, são, em grande parte, contrários ao aprendizado.

4. Com certeza, dois tipos de matérias são tratados nas escolas de oradores: as suassórias[106] e as controvérsias. Dessas, em verdade, as suassórias, porque evidentemente mais leves e exigentes de menos capacitação, em geral se confiam às crianças; as controvérsias são atribuídas aos mais maduros, porém com que qualidade e, pode-se acreditar, quão sem confiabilidade compostas! Segue-se que, a essa matéria, que se afasta da realidade, junta-se ainda a forma de declamação.

5. Assim acontece: os prêmios dos tiranicidas, os dilemas das violadas, os remédios para as pestes, os incestos das mães ou tudo aquilo mais que é cotidianamente tratado na escola, enfim, isso ou raramente ou nunca é exposto no fórum com tom grandiloquente. Quando, no entanto, se chega à frente de juízes de verdade..."

XXXVI. 1. "[...] pensar no assunto. Nada que fosse raso, nada que fosse abjeto podia ser dito. A grande eloquência, assim como uma chama, se nutre de matéria, é avivada pelos movimentos e torna-se brilhante ao queimar. A mesma razão, também em nossa comunidade, impulsionou a eloquência dos antigos.

2. Com efeito, embora os oradores de nossa época, estando ordenada, tranquila e feliz a República, tenham conseguido as coisas que nestas circunstâncias é lícito serem alcançadas, no entanto, pela perturbação e pela

illa perturbatione ac licentia plura sibi adsequi uidebantur, cum mixtis omnibus et moderatore uno carentibus tantum quisque orator saperet, quantum erranti populo persuaderi poterat.

3. Hinc leges assiduae et populare nomen, hinc contiones magistratuum paene pernoctantium in rostris, hinc accusationes potentium reorum et adsignatae etiam domibus inimicitiae, hinc procerum factiones et assidua senatus aduersus plebem certamina.

4. Quae singula etsi distrahebant rem publicam, exercebant tamen illorum temporum eloquentiam et magnis cumulare praemiis uidebantur, quia quanto quisque plus dicendo poterat, tanto facilius honores adsequebatur, tanto magis in ipsis honoribus collegas suos anteibat, tanto plus apud principes gratiae, plus auctoritatis apud patres, plus notitiae ac nominis apud plebem parabat.

5. Hi clientelis etiam exterarum nationum redundabant, hos ituri in prouincias magistratus reuerebantur, hos reuersi colebant, hos et praeturae et consulatus uocare ultro uidebantur, hi ne priuati quidem sine potestate erant, cum et populum et senatum consilio et auctoritate regerent.

6. Quin immo sibi ipsi persuaserant neminem sine eloquentia aut adsequi posse in ciuitate aut tueri conspicuum et eminentem locum.

7. Nec mirum, cum etiam inuiti ad populum producerentur, cum parum esset in senatu

permissividade de antigamente, ainda mais favorecidos pareciam ser eles, pois, tudo estando desorganizado e não havendo um moderador único, cada orador tinha o seu grau de conhecimento, o quanto lhe fosse o bastante para persuadir um povo sem rumo.

3. Daí a constante promulgação de novas leis e a apelação popular, daí as assembleias de magistrados que quase pernoitavam na tribuna, daí as acusações de réus poderosos e também as inimizades direcionadas às suas famílias, daí as facções dos nobres e os constantes certames do Senado contra a plebe.

4. Cada uma dessas coisas em sua individualidade, embora seccionasse a República, no seu conjunto estimulava a eloquência daqueles tempos e parecia cumulá-la de grandes prêmios, pois quanto mais cada um podia pela eloquência, tanto mais facilmente alcançava honras, tanto mais ultrapassava os seus colegas nesses mesmos cargos, tanto mais graças obtinha junto aos príncipes, mais autoridade junto aos senadores, mais notoriedade e renome junto à plebe.

5. Eles tinham clientes de sobra, inclusive de nações estrangeiras; quando se dirigiam às províncias, os magistrados os reverenciavam e, quando estavam de volta, os cultuavam; tanto as preturas quanto os consulados pareciam espontaneamente chamá-los. Eles, nem mesmo enquanto verdadeiros cidadãos comuns, não viviam sem poder, uma vez que, pelo seu conselho e autoridade, regiam tanto o povo quanto o Senado.

6. Ainda mais, eles próprios tinham-se persuadido de que ninguém sem eloquência poderia alcançar ou conservar uma posição de visibilidade e de proeminência na comunidade.

7. Não há que se admirar do fato de que fossem conduzidos para diante do povo, mesmo contrariados; de que

breuiter censere, nisi qui ingenio et eloquentia sententiam suam tueretur, cum in aliquam inuidiam aut crimen uocati sua uoce respondendum haberent, cum testimonia quoque in publicis [iudiciis] non absentes nec per tabellam dare, sed coram et praesentes dicere cogerentur.

8. Ita ad summa eloquentiae praemia magna etiam necessitas accedebat, et quo modo disertum haberi pulchrum et gloriosum, sic contra mutum et elinguem uideri deforme habebatur.

XXXVII 1. Ergo non minus rubore quam praemiis stimulabantur, ne clientulorum loco potius quam patronorum numerarentur, ne traditae a maioribus necessitudines ad alios transirent, ne tamquam inertes et non suffecturi honoribus aut non impetrarent aut impetratos male tuerentur.

2. Nescio an uenerint in manus uestras haec uetera, quae et in antiquariorum bibliothecis adhuc manent et cum maxime a Muciano contrahuntur, ac iam undecim, ut opinor, Actorum libris et tribus Epistularum composita et edita sunt.

3. Ex his intellegi potest Cn. Pompeium et M. Crassum non uiribus modo et armis, sed ingenio quoque et oratione ualuisse; Lentulos et Metellos et Lucullos et Curiones et ceteram procerum manum multum in his studiis operae curaeque posuisse, nec quemquam illis temporibus magnam potentiam sine aliqua eloquentia consecutum.

fosse de pouca valia falar de modo breve no Senado, pelo contrário, pelo talento e pela eloquência, deveriam garantir sua sentença; de que, implicados em acusação de calúnia ou de crime, devessem responder com sua própria voz; de que, igualmente, nos julgamentos públicos, ao atuarem como testemunhas, fossem obrigados a falar não ausentes nem por procuração, mas abertamente e em presença.

8. Assim, aos mais altos prêmios da eloquência se acrescentava o fato de que ela era necessária e, se de um lado era belo e virtuoso ser considerado eloquente, pelo contrário, parecer mudo e sem língua era considerado disforme.

XXXVII. 1. Portanto, eram estimulados não menos pelo sentimento de reserva do que pelos prêmios, a fim de que não fossem contados no lugar dos clientes, mas no dos patronos; a fim de que não delegassem a outros as obrigações legadas pelos antepassados; a fim de que, à maneira dos inábeis e dos incapazes de cargos honoríficos, não fossem como aqueles que, de fato, não os alcançam ou, tendo-os alcançado, os desempenham mal.

2. Desconheço se por acaso tenham chegado a vossas mãos uns trabalhos antigos, que não somente se encontram até hoje em bibliotecas de antiquários, como também deles há coletâneas feitas precisamente por Muciano;[107] conforme julgo, onze livros de *Processos* e três de *Epístolas* já foram compostos e publicados.

3. A partir deles, pode-se compreender que Cneu Pompeu e Marco Crasso sobressaíram não somente pelas forças e pelas armas, mas também pelo talento e pelo discurso; que os Lêntulos,[108] os Metelos,[109] os Luculos,[110] os Curiões[111] e uma grande quantidade dos demais nobres puseram muito de trabalho e de cuidado nesses estudos; que ninguém naqueles tempos conseguiu grande poder sem alguma eloquência.

4. His accedebat splendor reorum et magnitudo causarum, quae et ipsa plurimum eloquentiae praestant. Nam multum interest, utrumne de furto aut formula et interdicto dicendum habeas, an de ambitu comitiorum, expilatis sociis et ciuibus trucidatis.

5. Quae mala sicut non accidere melius est isque optimus ciuitatis status habendus est, in quo nihil tale patimur, ita cum acciderent, ingentem eloquentiae materiam subministrabant. Crescit enim cum amplitudine rerum uis ingenii, nec quisquam claram et inlustrem orationem efficere potest nisi qui causam parem inuenit.

6. Non, opinor, Demosthenem orationes inlustrant, quas aduersus tutores suos composuit, nec Ciceronem magnum oratorem P. Quintius defensus aut Licinius Archias faciunt: Catilina et Milo et Verres et Antonius hanc illi famam circumdederunt, non quia tanti fuerit rei publicae malos ferre ciues, ut uberem ad dicendum materiam oratores haberent, sed, ut subinde admoneo, quaestionis meminerimus sciamusque nos de ea re loqui, quae facilius turbidis et inquietis temporibus existit.

7. Quis ignorat utilius ac melius esse frui pace quam bello uexari? Pluris tamen bonos proeliatores bella quam pax ferunt. Similis eloquentiae condicio. Nam quo saepius steterit tamquam in acie quoque pluris et intulerit ictus et exceperit quoque maiores aduersarios acrioresque pugnas sibi ipsa desumpserit, tanto altior et excelsior et

4. Para tudo isso, contribuíam o esplendor dos réus e a grandeza das causas, o que em muito acrescenta valor à eloquência. Com efeito, há muita diferença se acaso se tenha de fazer um discurso sobre um furto ou uma norma, ou ainda sobre um decreto de proibição; se sobre a disputa ilegal dos comícios, sobre aliados pilhados e sobre cidadãos trucidados.

5. Tais males, é melhor não aconteçam, e há de ser considerada como a melhor condição de uma comunidade aquela na qual nada de tais revezes sofremos. No entanto, uma vez que acontecessem, forneciam matéria enorme à eloquência. Em verdade, a força de um talento cresce com a amplitude dos assuntos, e ninguém pode realizar um discurso claro e ilustre, senão aquele que encontra uma causa par.

6. Não tornam Demóstenes ilustre, julgo, os discursos que compôs contra seus tutores, nem Públio Quintio[112] defendido ou Licínio Arquias[113] fazem Cícero um grande orador. Catilina, Milão, Verres e Antônio rodearam-no da tal fama, não porque tenha sido de tanto valor à República produzir maus cidadãos, a fim de que os oradores tivessem fecunda matéria para discursarem, mas, conforme advirto frequentemente, lembremo-nos da questão e saibamos de que falamos sobre aquela matéria que facilmente passa a existir, sendo os tempos perturbados e inquietos.

7. Quem ignora ser mais útil e melhor fruir a paz do que ser atormentado pela guerra? Todavia, as guerras produzem melhores combatentes que a paz. Semelhante é a condição da eloquência. Com efeito, quanto mais frequentemente tenha permanecido como se em linha de batalha, quanto mais frequentemente tenha causado golpes e os recebido, quanto maiores adversários e mais violentas batalhas tenha assumido para si, tanto mais

illis nobilitata discriminibus in ore hominum agit, quorum ea natura est, ut secura uelint.

XXXVIII. 1. Transeo ad formam et consuetudinem ueterum iudiciorum. Quae etsi nunc aptior est veritati, eloquentiam tamen illud forum magis exercebat, in quo nemo intra paucissimas horas perorare cogebatur et liberae comperendinationes erant et modum in dicendo sibi quisque sumebat et numerus neque dierum neque patronorum finiebatur.

2. Primus haec tertio consulatu Cn. Pompeius adstrinxit imposuitque ueluti frenos eloquentiae, ita tamen ut omnia in foro, omnia legibus, omnia apud praetores gererentur: apud quos quanto maiora negotia olim exerceri solita sint, quod maius argumentum est quam quod causae centumuirales, quae nunc primum obtinent locum, adeo splendore aliorum iudiciorum obruebantur, ut neque Ciceronis neque Caesaris neque Bruti neque Caelii neque Calui, non denique ullius magni oratoris liber apud centumuiros dictus legatur, exceptis orationibus Asinii, quae pro heredibus Urbiniae inscribuntur, ab ipso tamen Pollione mediis diui Augusti temporibus habitae, postquam longa temporum quies et continuum populi otium et assidua senatus tranquillitas et maxime principis disciplina ipsam quoque eloquentiam sicut omnia alia pacauerat.

profunda, elevada e enobrecida por aquelas situações age a eloquência na boca dos homens. Em verdade, é natureza deles querer as coisas seguras.

XXXVIII. 1. Passo à forma e ao costume dos antigos julgamentos. Ainda que também para os tempos de hoje tal forma pareça ser mais adequada à verdade, mais praticava a eloquência aquele fórum em que ninguém era obrigado a perorar dentro de pouquíssimas horas; em que os adiamentos de três dias eram livres; em que cada um assumia para si a medida de sua oratória, e o número nem de dias, nem de defensores estava delimitado.

2. Cneu Pompeu, no terceiro consulado, foi o primeiro a fazer essas restrições e como que impôs freios à eloquência, mas, de tal maneira que todas as causas acontecessem no fórum, fossem geridas segundo as leis e diante dos pretores. Outrora, junto a estes, quão mais sérios assuntos costumaram ser tratados! Que argumento pode ser mais forte do que este? As causas centunvirais, que hoje são as mais importantes, de tal modo eram obscurecidas pelo esplendor dos demais julgamentos, que nenhum livro de Cícero, nem de César, nem de Bruto, nem de Célio, nem de Calvo, nem, enfim, de qualquer outro grande orador se compõe de discursos que se pode dizer terem sido pronunciados diante dos centúnviros, excetuados os discursos de Asínio, que se intitulavam *Em favor dos herdeiros de Urbínia*! Estes, todavia, foram pronunciados pelo próprio Polião em meados dos tempos do divino Augusto, depois que a longa quietude dos tempos, o contínuo ócio do povo, a assídua tranquilidade do Senado e, principalmente, a disciplina dos príncipes havia pacificado até mesmo a própria eloquência, assim como todas as outras coisas.

XXXIX. 1. Paruum et ridiculum fortasse uidebitur quod dicturus sum, dicam tamen, uel ideo ut rideatur. Quantum humilitatis putamus eloquentiae attulisse paenulas istas, quibus adstricti et uelut inclusi cum iudicibus fabulamur? Quantum uirium detraxisse orationi auditoria et tabularia credimus, in quibus iam fere plurimae causae explicantur?

2. Nam quo modo nobilis equos cursus et spatia probant, sic est aliquis oratorum campus, per quem nisi liberi et soluti ferantur, debilitatur ac frangitur eloquentia.

3. Ipsam quin immo curam et diligentis stili anxietatem contrariam experimur, quia saepe interrogat iudex, quando incipias, et ex interrogatione eius incipiendum est. Frequenter probationibus et testibus silentium + patronus + indicit. Vnus inter haec dicenti aut alter adsistit, et res uelut in solitudine agitur.

4. Oratori autem clamore plausuque opus est et uelut quodam theatro; qualia cotidie antiquis oratoribus contingebant, cum tot pariter ac tam nobiles forum coartarent, cum clientelae quoque ac tribus et municipiorum etiam legationes ac pars Italiae periclitantibus adsisteret, cum in plerisque iudiciis crederet populus Romanus sua interesse quid iudicaretur.

5. Satis constat C. Cornelium et M. Scaurum et T. Nilonem et L. Bestiam et P. Vatinium concursu totius ciuitatis et accusatos et defensos, ut frigidissimos quoque oratores ipsa certantis

XXXIX. 1. Mesquinho e digno de riso parecerá talvez o que hei de dizer, todavia o direi, mesmo que seja apenas para que se ria. Quanto de baixeza julgamos terem conferido à eloquência estas capinhas pelas quais, apertados e como que encerrados, falamos com os juízes? Quanto de vigor cremos as salas de audição e os cartórios terem tirado do discurso, nos quais se encontram já explicadas quase todas as causas?
2. Com efeito, do mesmo modo que a corrida e as distâncias testam os bons cavalos, também existe um campo aberto para os oradores, através do qual, se não se conduzirem livres e soltos, a eloquência se debilita e se esfacela.
3. Ainda mais, experimentamos o próprio cuidado e a ansiedade de um estilo diligente como contrários a nós, pois logo que se vai iniciar, com frequência, o juiz faz interrogações e, a partir do que ele interroga é que se deve começar. Frequentemente, o advogado impõe o silêncio às provas e às testemunhas. Apenas um ou outro durante esse tempo assiste ao que fala, e o assunto é conduzido como que em solidão.
4. Porém, é necessário ao orador o clamor e o aplauso e, de certa maneira, ele precisa mesmo é de um teatro! Essas coisas cotidianamente aconteciam aos antigos oradores, uma vez que tantos e igualmente tão nobres homens lotassem o fórum; uma vez que também as clientelas, as tribos, as embaixadas dos municípios e parte da Itália assistissem aos acusados; uma vez que na maioria dos julgamentos o povo romano cresse ser de seu interesse aquilo que estivesse sendo julgado.
5. É bastante certo que Caio Cornélio,[114] Marco Escauro,[115] Tito Milão, Lúcio Bestia[116] e Públio Vatínio, pela afluência de toda a comunidade, foram tanto acusados quanto defendidos, de tal modo que as próprias

populi studia excitare et incendere potuerint. Itaque hercule eius modi libri extant, ut ipsi quoque qui egerunt non aliis magis orationibus censeantur.

XL 1. Iam uero contiones assiduae et datum ius potentissimum quemque uexandi atque ipsa inimicitiarum gloria, cum se plurimi disertorum ne a Publio quidem Scipione aut [L.] Sulla aut Cn. Pompeio abstinerent, et ad incessendos principes uiros, ut est natura inuidiae, populi quoque et histriones auribus uterentur, quantum ardorem ingeniis, quas oratoribus faces admouebant.

2. Non de otiosa et quieta re loquimur et quae probitate et modestia gaudeat, sed est magna illa et notabilis eloquentia alumna licentiae, quam stulti libertatem uocitant, comes seditionum, effrenati populi incitamentum, sine obsequio, sine seueritate, contumax, temeraria, adrogans, quae in bene constitutis ciuitatibus non oritur.

3. Quem enim oratorem Lacedaemonium, quem Cretensem accepimus? Quarum ciuitatum seuerissima disciplina et seuerissimae leges traduntur. Ne Macedonum quidem ac Persarum aut ullius gentis, quae certo imperio contenta fuerit, eloquentiam nouimus. Rhodii quidam, plurimi Athenienses oratores extiterunt, apud quos omnia populus, omnia imperiti, omnia, ut sic dixerim, omnes poterant.

4. Nostra quoque ciuitas, donec errauit, donec se partibus et dissensionibus et discordiis

paixões do povo que debatia puderam excitar e incendiar os oradores mais insensíveis. Assim, por Hércules, ainda subsistem livros com discursos, de tal modo que aqueles que os pronunciaram são estimados mais por esses do que por quaisquer outros discursos.

XL. 1. Em verdade, então, as reuniões frequentes, o direito dado de atacar quem quer que fosse dentre os mais poderosos, a própria glória das inimizades (uma vez que vários dos mais eloquentes não recuassem nem mesmo diante de Públio Cipião, Lúcio Sula ou Cneu Pompeu, e, para que fossem atacados os homens mais importantes, como é a natureza da inveja, servissem-se, tal como os histriões, dos ouvidos do povo), quão grande ardor moviam aos talentos, que feixes de luz lançavam aos oradores!

2. Não falamos sobre matéria calma e sossegada, que se alegra com a probidade e a modéstia, mas aquela grande e notável eloquência é pupila da permissividade, a que os estultos insistentemente chamam liberdade; companheira das seduções, incitamento do povo desenfreado, sem obediência, sem severidade; contumaz, temerária, arrogante, ela não tem como se originar de comunidades bem instituídas.

3. Em verdade, que orador lacedemônio, ou que orador cretense conhecemos? A severíssima disciplina e as leis também severíssimas dessas comunidades nos são tradicionalmente narradas. Não temos conhecimento de qualquer eloquência dos macedônios, nem dos persas, nem de outra nação que tenha sido regida por um governo constante. Existiram alguns oradores ródios e inumeráveis atenienses que se destacaram. Em seu meio, tudo o povo podia, tudo os inexperientes, enfim, assim eu diria, todos podiam tudo.

4. Enquanto caminhou errante, enquanto se consumiu pelos partidos, pelas dissensões e pelas discórdias;

confecit, donec nulla fuit in foro pax, nulla in senatu concordia, nulla in iudiciis moderatio, nulla superiorum reuerentia, nullus magistratuum modus, tulit sine dubio ualentiorem eloquentiam, sicut indomitus ager habet quasdam herbas laetiores. Sed nec tanti rei publicae Gracchorum eloquentia fuit, ut pateretur et leges, nec bene famam eloquentiae Cicero tali exitu pensauit.

XLI. 1. Sic quoque quod superest [antiquis oratoribus forum] non emendatae nec usque ad uotum compositae ciuitatis argumentum est.

2. Quis enim nos aduocat nisi aut nocens aut miser? Quod municipium in clientelam nostram uenit, nisi quod aut uicinus populus aut domestica discordia agitat? Quam prouinciam tuemur nisi spoliatam uexatamque? Atqui melius fuisset non queri quam uindicari.

3. Quod si inueniretur aliqua ciuitas, in qua nemo peccaret, superuacuus esset inter innocentis orator sicut inter sanos medicus. Quo modo tamen minimum usus minimumque profectus ars medentis habet in iis gentibus, quae firmissima ualetudine ac saluberrimis corporibus utuntur, sic minor oratorum honor obscuriorque gloria est inter bonos mores et in obsequium regentis paratos.

4. Quid enim opus est longis in senatu sententiis, cum optimi cito consentiant? Quid multis apud populum contionibus, cum de re publica

enquanto nenhuma paz houve no fórum, nenhuma concórdia no Senado, nenhuma moderação nos julgamentos, nenhuma reverência aos superiores, nenhum comedimento dos magistrados, também nossa cidade produziu sem dúvida uma eloquência mais arrojada, assim como o campo indômito tem algumas ervas mais vigorosas. Mas a eloquência dos Gracos não foi de tanto valor para a República, a tal ponto que ela se submetesse às leis que propuseram, nem Cícero com tal morte compensou bem a fama de sua eloquência.

XLI. 1. Assim, igualmente o fato de que até hoje um fórum subsiste àqueles antigos oradores é prova de uma comunidade não emendada e ainda não pronta como algo desejado.

2. Quem, em verdade, recorre a nós, senão o criminoso ou o miserável? Que município vem para a nossa clientela, senão aquele que, ou o povo vizinho, ou a discórdia interna agita? Que província protegemos, senão a espoliada e oprimida? Com efeito, teria sido melhor não haver de que se queixar do que existir o que reivindicar.

3. Porque, se se encontrasse alguma comunidade em que ninguém cometesse um erro, o orador seria um inútil entre os incapazes de cometer crime, assim como um médico entre os sãos. Do mesmo modo que a arte do médico tem mínima utilidade e mínimo proveito entre aquelas gentes que gozam de saúde extremamente boa e de um corpo muito saudável, menor é a honra e mais obscura a glória dos oradores entre os de bons costumes e os que estão prontos para a obediência àquele que governa.

4. Para que, em verdade, são necessárias as longas sentenças no Senado, quando os melhores homens logo estão de acordo? Para que as muitas reuniões junto ao

non imperiti et multi deliberent, sed sapientissimus et unus? Quid uoluntariis accusationibus, cum tam raro et tam parce peccetur? Quid inuidiosis et excedentibus modum defensionibus, cum clementia cognoscentis obuiam periclitantibus eat?

5. Credite, optimi et in quantum opus est disertissimi uiri, si aut uos prioribus saeculis aut illi, quos miramur, his nati essent, ac deus aliquis uitas ac [uestra] tempora repente mutasset, nec uobis summa illa laus et gloria in eloquentia neque illis modus et temperamentum defuisset: nunc, quoniam nemo eodem tempore adsequi potest magnam famam et magnam quietem, bono saeculi sui quisque citra obtrectationem alterius utatur."

XLII. 1. Finierat Maternus, cum Messalla: "erant quibus contra dicerem, erant de quibus plura dici uellem, nisi iam dies esset exactus." "Fiet" inquit Maternus "postea arbitratu tuo, et si qua tibi obscura in hoc meo sermone uisa sunt, de iis rursus conferemus."

2. Ac simul adsurgens et Aprum complexus "Ego" inquit "te poetis, Messalla autem antiquariis criminabimur." "At ego uos rhetoribus et scholasticis" inquit.

Cum adrisissent, discessimus.

povo, quando não muitas e inexperientes pessoas deliberam sobre a República, mas o faz um único e o mais sábio? Para que as acusações por simples vontade de acusar, quando tão raramente e tão pouco se erra? Para que as defesas carregadas de inveja e que extrapolam as medidas, quando a clemência daquele que conhece a causa vai ao encontro dos que sofrem os perigos?

5. Acreditai, ó homens ótimos e, para quanto é necessário, muito eloquentes, se, ou nos primeiros séculos vós, ou nestes aqueles que admiramos tivessem nascido, e algum deus repentinamente tivesse mudado vossas vidas e épocas, nem a vós teriam faltado aquele supremo louvor e glória na eloquência, nem àqueles moderação e comedimento: agora, porque ninguém na presente época pode alcançar grande fama e grande quietude, que cada um use o bom de sua época, sem difamação da outra".

XLII. 1. Terminara Materno, quando Messala disse: "Há aspectos que eu contradiria, há aqueles sobre os quais eu gostaria de dizer mais coisas, se o dia já não estivesse terminado". "Isso acontecerá depois", diz Materno, "de acordo com o teu arbítrio, e se alguns aspectos nessa minha fala te pareceram obscuros, sobre eles conversaremos de novo".

2. E, simultaneamente levantando-se e abraçando Áper, diz: "Eu te incriminarei entre os poetas; Messala, por sua vez, entre antiquários". "E eu a vós entre retores e declamadores", diz.

Assim, como sorrissem todos, nos separamos.

# NOTAS

[1] *Iustus Fabius*: cônsul *suffectus* (trata-se do cônsul eleito para terminar o mandato do cônsul efetivo, quando este morre ou se afasta do cargo) em 102 e, depois, governador da Síria. Amigo de Tácito e também de Plínio, o Jovem, renunciou à oratória para se dedicar à carreira militar.

[2] As "leituras públicas" eram sessões de apresentação de inéditos, em que o próprio autor lia seu texto para uma plateia previamente selecionada e convidada (Cf. IX.3).

[3] *Cato*: também conhecido como Uticense devido ao seu suicídio em Útica, em 46 a.C., foi grande opositor de César na guerra civil. O texto mencionado consiste em uma *fabula praetexta*, isto é, uma tragédia de argumento nacional e histórico.

[4] *Thyestes*: personagem trágico que se envolveu amorosamente com a esposa de seu irmão Atreu. Este, a fim de se vingar da traição de Tiestes, matou os dois filhos do irmão e os serviu para que ele os comesse no jantar.

[5] *Domitius*: inimigo de César, foi cônsul em 54 a.C. e morreu na retirada de Farsália, em 48 a.C.

[6] O termo latino é *poetica*, e representa, na ocorrência, a criação literária, em sentido amplo.

[7] *Saleius Bassus*: poeta épico, mencionado por Juvenal e elogiado por Quintiliano em razão de sua veemência. Apesar disso, nenhuma de suas obras chegou até nós.

[8] Referência aos três gêneros de oratória: judiciária, deliberativa, epidíctica.

[9] *Eprius Marcellus*: célebre delator da época de Nero e de Vespasiano, foi obrigado a se suicidar em 79.

[10] *Helvidius*: genro de Marcelo, foi condenado ao exílio.

[11] *Orbitas*: situação de ausência de filhos e, consequentemente, de herdeiros. Em Roma, os ricos idosos que não possuíam herdeiros podiam ser presa dos *heredipetae*, isto é, dos caçadores de herança.

[12] Usavam toga os cidadãos de boas condições sociais.

[13] *Laticlauus*: larga franja de púrpura que caracterizava a túnica daqueles que pertenciam à ordem senatorial.

[14] *Homo nouus*: o primeiro membro de uma família sem antecedentes políticos que conseguia alcançar a mais alta magistratura, de modo a garantir aos seus descendentes a dignidade senatorial.

[15] *Quaestura*: magistratura inicial do *cursus honorum*. Na época republicana, os questores eram os encarregados dos assuntos financeiros. Já no Império, havia vinte questores, dos quais dois estavam à disposição do imperador e os restantes desempenhavam o papel de assistentes dos cônsules.

[16] *Tribunatus*: o tribunato da plebe foi um órgão concebido para a defesa contra os patrícios, mas, com o tempo, perdeu qualquer significado efetivo.

[17] *Praetura*: originalmente, era a magistratura encarregada da organização judicial.

[18] *Centumviri*: eram os encarregados em Roma da jurisdição civil, sobretudo em matéria de herança e de propriedade.

[19] *Procuratores*: altos funcionários encarregados da administração financeira nas províncias e que eram, às vezes, libertos.

[20] *Iuuenis, adulescens*: segundo a tipologia de Varrão, as idades dos romanos eram distribuídas do seguinte modo: *puer* (até 15 anos), *adulescens* (de 16 a 30), *iuuenis* (de 31 a 45), *senior* (46 a 60), *senex* (a partir de 60). A fim de manter a diferença entre *iuuenis e adulescens*, optamos por traduzi-los, respectivamente, por "jovem" e "adolescente". Esse critério foi adotado sempre que tal distinção foi necessária.

[21] Gente simples, de condição social inexpressiva.

[22] *Crispus Vibius*: os nomes estão invertidos. Trata-se de um bom orador, segundo Quintiliano e Tácito. Foi também cônsul em 83.

[23] *Genius*: divindade tutelar que protegia cada homem desde o momento do nascimento até a morte. Poder se dedicar ao próprio Gênio, sem precisar homenagear o Gênio do imperador, era um sinal de independência.

[24] *Nicostratus*: atleta famoso do século I d.C.

[25] *Nero* é uma tragédia, hoje perdida, escrita por Materno.

[26] *Vatinius*: delator da época de Nero que obteve na corte uma fortuna escandalosa.

[27] *Sordes*: o termo faz referência ao estado de luto, segundo o qual os réus se apresentavam nas audiências com

os cabelos e a barba descuidados, a fim de despertar a piedade do juiz.

[28] *Linus*: na mitologia, é filho de Apolo, inventor do ritmo e da melodia. Foi mestre de Orfeu.

[29] *Lysias* (459-380 a.C.) *aut Hyperides* (389-332 a.C.): oradores atenienses que os romanos tinham como modelo em razão da graça e da limpidez de seus discursos.

[30] *Varius Rufus*: poeta amigo de Virgílio e de Horácio, foi encarregado por Augusto de publicar a *Eneida* após a morte de Virgílio.

[31] *Secundus Pomponius*: amigo de Plínio, o Velho, cuja biografia compôs, foi poeta trágico e cônsul *suffectus* em 44 d.C.

[32] *Afer Domitius*: célebre orador da época imperial, foi mestre de Quintiliano.

[33] *Dulces Musae*: citação das *Geórgicas*, II, 475.

[34] Ver *Eneida*, X, 467: *stat sua cuique dies*.

[35] *Vipstanus Messala*: orador que se celebrizou por, possuindo menos de vinte e cinco anos, ter defendido o seu irmão, o delator *Aquilius Regulus*, contra os ataques do Senado. Além disso, segundo Tácito (*Historiae*, III, 9), *Messala* teria servido como tribuno militar e comandante da sétima legião Claudiana na guerra entre *Vitellius* e *Vespasianus*.

[36] *Iulius Africanus*: célebre orador de origem gaulesa, assim como *Secundus*. É igualado por Quintiliano a Domício Afro, considerados ambos os melhores oradores da época.

³⁷ *Controuersiae*: exercícios de declamação em que se defendiam pontos de vista diferentes, semelhantes a um debate jurídico.

³⁸ *Aquilius Regulus*: delator que, ainda bem jovem, começou a tarefa de acusador ao fim do principado de Nero.

³⁹ *Aeschines*: famoso orador que viveu entre 390 e 330 a.C. e era rival de Demóstenes.

⁴⁰ *Sacerdos ille Nicetes*: retórico nascido em Esmirna, que abriu uma escola em Roma e lá ensinou. Foi um dos mestres de Plínio, o Jovem.

⁴¹ *Ephesum aut Mytilenas*: duas cidades da Ásia Menor que eram consideradas grandes centros da oratória.

⁴² *Domitius Afer*: segundo Quintiliano, um dos oradores mais célebres do tempo, junto a *Iulius Africanus*.

⁴³ *Iulius Africanus*: v. nota 2.

⁴⁴ *Asinius Pollio*: viveu entre 76 e 4 a.C., tendo sido amigo de Catulo e de Élvio Cinna. Foi autor de tragédias, que foram perdidas, e de *Historiae*, também perdidas, além de ter sido orador. Foi o responsável pelo estabelecimento da primeira biblioteca pública em Roma e interessou-se pelas práticas de *recitationes*, isto é, a leitura pública de textos literários.

⁴⁵ *Ulixes ac Nestor*: esses dois heróis homéricos eram considerados os mais antigos oradores. Nestor era rei de Pilos, cidade localizada no sudoeste do Peloponeso, e o mais novo dos doze filhos de Neleu. Caracterizava-se por virtudes guerreiras e políticas, como a prudência, a equidade, o respeito aos deuses,

a eloquência, a amenidade e a polidez, além de representar a velhice, em razão de sua idade avançada.

46 *Philipus* e *Alexander*: Filipe da Macedônia (382-336 a.C.) era pai de Alexandre, o Grande, que governou de 336 a 323 a.C.

47 *Hortensius*: tratado de Cícero, hoje perdido, que fora dirigido a Q. Hortensius (114-50 a.C.). Composto em torno de 45 a.C., nele Cícero respondia aos ataques de Hortênsio contra a filosofia.

48 *Menenius Agrippa*: cônsul em 250 a.C., autor do apólogo *Dos membros e do estômago*. Segundo Tito Lívio (II, 32), Agripa teria falado à plebe "em um modo de dizer antigo e horrível" (*prisco illo dicendi et horrido modo*).

49 Célebres oradores do século I a.C.

50 Trata-se do ano de 43.

51 *Tiro*: escravo de Cícero, e depois liberto, que compôs uma biografia do orador, a qual foi utilizada posteriormente por Plutarco.

52 A nomeação dos cônsules ocorreu no dia 19 de agosto de 43.

53 Trata-se da primeira e mal sucedida expedição de César à Britânia, em 55 a.C.

54 *Congiarium*: consistia, na época republicana, em uma quantidade de vinho ou azeite distribuída ao povo pelos candidatos às eleições. Na época imperial, tratava-se de uma soma em dinheiro, distribuída pelo príncipe em ocasião de uma vitória ou triunfo. O texto refere-se, aqui, à distribuição de dinheiro feita mediante a vitória de Tito, em 72.

55 *Messala Coruinus* (64 a.C. – 8 ou 13 d.C.): político e militar, orador, poeta, gramático e patrono dos poetas durante o governo de Augusto.

56 *Seruius Galba*: cônsul em 144 a.C. e notável orador da geração posterior à de Catão.

57 *Caius Carbo*: cônsul em 120 a.C., foi aliado dos Gracos, a quem depois traiu.

58 *Caius Gracus*: orador que, juntamente com o irmão, *Tiberius Gracus*, defendeu a causa dos camponeses e uma profunda reforma do Estado, segundo a qual houvesse uma limitação do direito de ocupação do *ager publicus*, isto é, das terras comuns, pelos grandes proprietários.

59 *Licinius Crassus* (140-91 a.C.): junto com Antônio, foi o melhor orador da época anterior a Cícero. Tanto Crasso quanto Antônio são interlocutores principais do *De oratore* ciceroniano.

60 *Appius Caecus*: cônsul em 307 e em 296 a.C. Celebrizou-se, já velho e cego, por ter proferido no Senado um discurso em oposição à tentativa de paz de Pirro.

61 *Atticus*: em alguns testemunhos, o termo empregado é *antiquus*. A adoção da forma *Atticus* resulta de uma conjectura de Fulvio Orsini (1529-1600) e justifica-se pelo contexto, uma vez que o estilo ático caracterizava-se por não ser rebuscado. Desse modo, a atribuição de um estilo pouco ático (ou seja, rebuscado) a Cícero está de acordo com as caracterizações anteriores do mesmo ("inflado", "túmido", etc.).

62 *Cassius Seuerus* (44-32 a.C.): considerado forte orador da época, embora sua origem seja obscura.

63 *Hermagora* (séc. II a.C.): importante tratadista de retórica, responsável por um notável impulso na sistematização teórica da mesma. Dentre suas contribuições, destaca-se a introdução de "teses", ou seja, questões de caráter universal, entre os argumentos. Anteriormente, a retórica ocupava-se apenas de "hipóteses".

64 *Apollodorus*: tratadista retórico originário de Pérgamo e que foi mestre de Otaviano.

65 *Caius Licinus Verres* (120-43 a.C.): homem público romano a quem Cícero dirigiu um processo, mediante as queixas dos sicilianos. Verres foi pretor na Sicília durante três anos (embora a duração legal do cargo fosse de somente um ano), tendo cobrado impostos ilegais e se apropriado de obras de arte sicilianas nesse período.

66 *Pro Tullio* e *Pro Caecina*: discursos de Cícero.

67 *Quintus Roscius*: um dos primeiros atores cômicos a se tornar célebre em Roma. Era amigo de Sila e de Cícero e possuía uma escola onde ensinava aos jovens oradores as técnicas da declamação.

68 *Turpio Ambiuius*: ator contemporâneo de Terêncio, de quem representou e tornou de sucesso as peças.

69 *Accius* (II-I a.C.) e *Pacuuius* (III-II a.C.): célebres tragediógrafos latinos.

70 *Publius Canutius*: contemporâneo de Cícero, considerado por esse como possuidor de dotes oratórios.

71 *Furnius*: Caio Fúrnio, cônsul em 17 a.C., obteve de Otaviano o perdão pelo fato de seu pai ter militado com Antônio. A referência pode ser tanto ao Fúrnio pai quanto ao filho, uma vez que ambos eram bons oradores.

⁷² *Toranius*: na época de Cícero, eram conhecidos quatro personagens com esse nome, um dos quais foi tutor de Otaviano.

⁷³ *Asitius:* apesar da acusação de Calvo, foi defendido por Cícero e absolvido.

⁷⁴ *Drusus*: acusado por Calvo em dois processos, foi defendido por Cícero em 54 a.C. e absolvido.

⁷⁵ *Vatinius*: cônsul em 47 a.C., foi três vezes acusado por Calvo, em 58, 56 e 54 a.C.

⁷⁶ *Rotam Fortunae*: expressão presente no discurso *Contra Pisão* (X, 22) e que se refere aos círculos de dança.

⁷⁷ *Ius Verrinum*: essa expressão pode significar tanto "justiça de Verres" quanto "caldo de porco", gerando um jogo de palavras.

⁷⁸ *Aufidius Bassus*: historiador da época de Nero.

⁷⁹ *Seruilius Nonianus*: historiador do século I d.C.

⁸⁰ *Sisenna* (119-67 a.C.): historiador que escreveu sobre o período entre a guerra social e a morte de Sila, e cujo estilo era caracterizado por arcaísmos e singularidades lexicais.

⁸¹ *Varro* (116-27 a.C.): grande erudito romano que era defensor dos costumes dos antepassados e apegado aos velhos tempos, considerado, por isso, tradicionalista.

⁸² Ver cap. XVIII, 1.

⁸³ *Lelius*: viveu no século I a.C. e foi grande amigo de Cipião Emiliano. É interlocutor no *De re publica* de Cícero e protagonista no *De amicitia*.

⁸⁴ Ver cap. XVIII, 2.

[85] Ver cap. XVIII, 2.

[86] *Lucius Junius Gallio*: declamador do século I a.C., era amigo de Ovídio e de Sêneca Pai e, além disso, compôs um tratado de retórica e de declamação.

[87] Ver cap. XIX, 1.

[88] Ver cap. XV, 3.

[89] Ver cap. XVII, 1.

[90] Ver cap. XVII, 1.

[91] *Julius Gabinianus*: famoso retórico que ensinava na Gália no tempo de Quintiliano, bastante elogiado por Suetônio e por São Jerônimo.

[92] *Liber qui Brutus inscribitur*: escrito em 46 a.C., consiste em um diálogo dedicado a Marco Bruto, no qual Cícero traça uma história da eloquência grega e romana.

[93] *Quintus Mucius Scaevola* (cerca de 170-87 a.C.): denominado "o Áugure", foi cônsul em 117 e também grande jurista. Além disso, foi o primeiro mestre de direito de Cícero.

[94] *Philo Academicus*: Filão de Larissa, pertencente à Academia de Platão, chega a Roma em 88 a.C. Foi o primeiro mestre de filosofia de Cícero.

[95] *Diodotus Stoicus*: novo representante da corrente estoica em Roma, viveu durante muito tempo como hóspede de Cícero.

[96] *Artes liberales*: eram as disciplinas dignas de serem estudadas por um homem livre. Foram primeiramente fixadas em Roma por Varão, que nelas incluíra a arquitetura e a medicina. Essas, porém, foram pouco depois excluídas do grupo e, na Antiguidade

Tardia e na Idade Média, as *artes liberales* passaram a ser constituídas por um *triuium* (gramática, dialética e retórica) e um *quadriuium* (geometria, aritmética, astronomia e música).

⁹⁷ Referência aos três gêneros de oratória: judiciária, deliberativa e epidíctica.

⁹⁸ *Peripatetici*: filósofos pertencentes à escola aristotélica e que se caracterizavam por ensinar enquanto caminhavam.

⁹⁹ *Metrodorus* (330-277 a.C.): célebre discípulo de Epicuro, ficou conhecido também como "o segundo Epicuro". Dentre os seus escritos, que não perduraram até hoje, os estudiosos antigos citam sobretudo as máximas morais.

¹⁰⁰ Pode-se entender aqui a filosofia e os filósofos.

¹⁰¹ Ver *Orator*, III, 12: *non ex rhetorum officinis sed ex Academiae spatiis*. A Academia referida diz respeito à escola fundada por Platão.

¹⁰² *Ars* e *scientia* referem-se à preparação teórica.

¹⁰³ *Facultas* pode ser compreendida, ao lado de *ingenium* ou *natura*, como uma predisposição natural.

¹⁰⁴ *Usus* (ou *exercitatio*) corresponde à prática cotidiana.

¹⁰⁵ Os censores *Domitius Enobarbus* e *Licinius Crassus* publicaram o édito em 92 a.C., cujo texto é citado por Suetônio (*De rhetoribus*, 1) e Gélio (XV, 11): *Renuntiatum est nobis esse homines qui nouum genus disciplinae instituerunt, ad quos iuuentus in ludum conueniat; eos sibi nomen imposuisse Latinos rhetoras; ibi homines adulescentulos dies totos desidere. Maiores nostri, quae liberos suos discere et quos in ludos itare uellent,*

*instituerunt. Haec noua, quae praeter consuetudinem ac morem maiorum fiunt, neque placent neque recta uidentur. Quapropter et iis qui eos ludos habent, et iis qui eo uenire consuerunt, uidetur faciundum ut ostenderemus nostram sententiam, nobis non placere.*

Tradução:

Foi-nos informado existirem homens que instituíram um novo gênero de ensino, junto aos quais a juventude se reúne na escola; que eles atribuíram a si o nome de retores latinos; que, nesse lugar, os jovens ficam ociosos durante o dia inteiro. Os nossos antepassados definiram o que queriam que seus filhos aprendessem e que escolas deveriam frequentar. Essa novidade, que acontece contra o uso e os costumes dos antepassados não agrada nem parece correta. Por essa razão, tanto àqueles que possuem essas escolas, quanto aos que para lá costumam ir, parece necessário expressar nossa opinião: a nós não agrada.

[106] *Suasoriae*: consistiam em discursos fictícios relacionados a um personagem histórico ou mitológico em situação crítica. Pertenciam ao gênero deliberativo.

[107] *Caius Licinius Mucianus*: importante personagem política que apoiara Vespasiano. Depois de seu terceiro consulado, em 72, retirou-se da vida pública para se dedicar a trabalhos literários.

[108] Os nomes citados a seguir pertencem a diversas personagens políticas consideradas oradores por Cícero em seu *Brutus*. *Cneus Lentulus Clodianus* e *Publius Lentulus Sura*, cônsules em 72 e em 71 a.C., tendo o segundo sido condenado pela cumplicidade com Catilina; *Cneus Lentulus Spinteres,* cônsul em 57 e adversário de César na Guerra Civil; *Cneus Lentulus*

*Crures*, também partidário de Pompeu; *Cneus Lentulus Marcellinus,* que favoreceu o retorno de Cícero do exílio.

[109] *Metellus Celeris,* cônsul em 60 a.C., e *Metellus Nepos,* cônsul em 57 a.C.

[110] *Lucius Lucullus,* vencedor de Mitridates e cônsul em 74 a.C., e *Marcus Lucullus,* cônsul em 73 a.C.

[111] *Caius Scribonius Curionis* (pai e filho), tendo o primeiro sido cônsul em 76 a.C.

[112] *Publius Quintius*: foi defendido por Cícero em 81 a.C., em uma difícil causa de direito privado.

[113] *Licinius Archias*: acusado de ter obtido a cidadania romana irregularmente, foi defendido por Cícero em 62 a.C.

[114] *Caius Cornelius*: questor de Pompeia e tribuno do povo em 67 a.C., foi acusado de lesão à majestade, e o defendera Cícero, em 65 a.C.

[115] *Marcus Scaurus*: Pretor na Sardenha em 56 a.C., foi acusado de concussão e defendido por Cícero em 54 a.C.

[116] *Lucius Calpurnius Bestia*: tribuno da plebe, edil e candidato à pretura, foi defendido por Cícero em 56 a.C., mas sem sucesso.

# Referências

TÁCITO. *Dialogus de oratoribus*.

TÁCITO. *Dialogo sull'Oratoria*. Introduzione e commento di Luciano Lenaz, traduzione di Felice Dessì. Milano: BUR, 2005.

TÁCITO. *Dialogue des orateurs*. Texte établi par Henri Goelzer et traduit par Henri Bornecque. Paris: Les Belles Lettres, 1960.

TÁCITO. Diálogo sobre los oradores. In: *Agrícola, Germania, Diálogo sobre los oradores. Introducciones, traducción y notas de J. M. Requejo*. Madrid: Gredos, s/d.

TÁCITO. *Dialogus de oratoribus*. Edited by Roland Mayer. Cambridge: Cambridge University, 2001.

TÁCITO. *Dialogo dos oradores ou á cerca das causas da corrupção da eloquencia*. Traduzido e annotado por D. José M. D'Almeida e A. Corrêa de Lacerda. Lisboa: Typographia de Silva, 1852.

# Sobre o autor e os tradutores

**Tácito – Públio (Caio) Cornélio Tácito** (em latim Publius [Gaius] Cornelius Tacitus) (55-120 d.C.) foi um historiador, orador e político romano. Ocupou os cargos de questor, pretor (88), cônsul (97) e procônsul da Ásia (110-113). É considerado um dos maiores historiadores da Antiguidade. Suas obras principais foram os *Annales* (*Anais*), sobre a história do Império Romano no primeiro século, desde a morte de Augusto até a morte de Nero, e as *Historiae* (*Histórias*), que cobre o período entre a morte de Nero e a de Domiciano.

**Antonio Martinez de Rezende** é professor de língua e literatura latina na Universidade Federal de Minas Gerais. É autor, entre outros, de *Rompendo o silêncio: a construção do discurso oratório em Quintiliano* (Crisálida, 2010); *Latina Essentia: preparação ao latim* (UFMG, 2009, 4ª ed.); coautor do *Dicionário do Latim Essencial* (Autêntica, 2014, 2ª ed.) e da tradução de *A vida e os feitos do Divino Augusto*, de Suetônio e Augusto (UFMG, 2007).

**Júlia Batista Castilho de Avellar** é graduada em Letras Clássicas e Língua Portuguesa pela UFMG; mestranda em Estudos Clássicos, também pela UFMG.

Esta edição do *Diálogo dos oradores* foi impressa para a Autêntica
pela Gráfica Paulinelli em janeiro de 2014, no ano em que se celebram

2116 anos de Júlio César (102-44 a.C.);
2098 anos de Catulo (84-54 a.C.);
2084 anos de Virgílio (70-19 a.C.);
2079 anos de Horácio (65-8 a. C.);
2064 anos de Propércio (c. 50 a.C.-16 a.C.);
2057 anos de Ovídio (43 a.C.-18 d.C.);
1958 anos de Tácito (56-114 d.C.);
1949 anos do Satyricon, de Petrônio (c. 65);
1615 anos das Confissões, de Agostinho (399)

e

17 anos da Autêntica (1997).

O papel do miolo é Pólen bold 90g/m² e, o da capa, Supremo 250g/m².
A tipologia é Bembo Std para textos.